文豪たちが書いた恋の名作短編集

―目次―

文豪たちが書いた

恋の名作短編集

お時儀

芥川龍之介

保吉（やすきち）は三十になったばかりである。その上あらゆる売文業者のように、目まぐるしい生活を営んでいる。だから「明日（みょうにち）」は考えても「昨日（さくじつ）」は滅多に考えない。しかし往来を歩いていたり、原稿用紙に向っていたり、電車に乗っていたりする間（あいだ）にふと過去の一情景を鮮（あざや）かに思い浮べることがある。それは従来の経験によると、たいてい嗅覚の刺激から連想を生ずる結果らしい。そのまた嗅覚の刺激なるものも都会に住んでいる悲しさには悪臭と呼ばれる匂（におい）ばかりである。たとえば汽車の煤煙の匂は何人（なんぴと）も嗅（か）ぎたいと思うはずはない。けれどもあるお嬢さんの記憶、――五六年前に顔を合せたあるお嬢さんの記憶などはあの匂を嗅ぎさえすれば、煙突から迸（ほとばし）る火花のようにたちまちよみがえって来るのである。

このお嬢さんに遇(あ)ったのはある避暑地の停車場(ていしゃば)である。あるいはもっと厳密に云えば、あの停車場のプラットフォオムである。当時その避暑地に住んでいた彼は、雨が降っても、風が吹いても、午前は八時発の下(くだ)り列車に乗り、午後は四時二十分着の上(のぼ)り列車を降りるのを常としていた。なぜまた毎日汽車に乗ったかと云えば、――そんなことは何でも差支えない。しかし毎日汽車になど乗れば、一ダズンくらいの顔馴染みはたちまちの内に出来てしまう。お嬢さんもその中(うち)の一人である。けれども午後には七草(ななくさ)から三月の二十何日かまで、一度も遇ったと云う記憶はない。午前もお嬢さんの乗る汽車は保吉には縁のない上り列車である。

お嬢さんは十六か十七であろう。いつも銀鼠(ぎんねずみ)の洋服に銀鼠の帽子をかぶっている。背はむしろ低い方かも知れない。けれども見たところはすらりとしている。殊(こと)に脚(あし)は、――やはり銀鼠の靴下に踵(かかと)の高い靴をはいた脚は鹿の脚のようにすらりとしている。顔は美人と云うほどではない。しかし、――保吉はまだ東西を論ぜず、近代の小説の女主(じょしゅ)人公(じんこう)に無条件の美人を見たことはない。作者は女性の描写になると、たいてい「彼女は美人ではない。しかし……」とか何とか断っている。按(あん)ずるに無条件の美人を認めるのは近代人の面目に関るらしい。だから保吉もこのお嬢さんに「しかし」と云う条件を加えるのである。――念のためにもう一度繰り返すと、顔は美人と云うほどではない。しかしちょいと鼻の先の上った、愛敬の多い円顔である。

お嬢さんは騒がしい人ごみの中にぼんやり立っていることがある。人ごみを離れたベンチの上に雑誌などを読んでいることがある。あるいはまた長いプラットフォオムの縁をぶらぶら歩いていることもある。

保吉はお嬢さんの姿を見ても、恋愛小説に書いてあるような動悸などの高ぶった覚えはない。ただやはり顔馴染みの鎮守府司令長官や売店の猫を見た時の通り、「いるな」と考えるばかりである。しかしとにかく顔馴染みに対する親しみだけは抱いていた。だから時たまプラットフォオムにお嬢さんの姿を見ないことがあると、何か失望に似たものを感じた。何か失望に似たものを、――それさえ痛切には感じた訣ではない。保吉は現に売店の猫が二三日行くえを晦ました時にも、全然変りのない寂しさを感じた。もし鎮守府司令長官も頓死か何か遂げたとすれば、――この場合はいささか疑問かも知れない。が、まず猫ほどではないにしろ、勝手の違う気だけは起ったはずである。

ところが三月の二十何日か、生暖い曇天の午後のことである。保吉はその日も勤め先から四時二十分着の上り列車に乗った。何でもかすかな記憶によれば、調べ仕事に疲れていたせいか、汽車の中でもふだんのように本を読みなどはしなかったらしい。ただ窓べりによりかかりながら、春めいた山だの畠（はたけ）だのを眺めていたように覚えている。いつか読んだ横文字の小説に平地を走る汽車の音を「Tratata tratata Tratata」と写し、鉄橋を渡る汽車の音を「Trararach trararach」と写したのがある。なるほどぼんやり耳を貸していると、ああ云う風にも聞えないことはない。――そんなことを考えたのも覚えている。

保吉は物憂（ものう）い三十分の後（のち）、やっとあの避暑地の停車場へ降りた。プラットフォオムには少し前に着いた下り列車も止っている。彼は人ごみに交（まじ）りながら、ふとその汽車を降りる人を眺めた。すると――意外にもお嬢さんだった。保吉は前にも書いたように、午後にはまだこのお嬢さんと一度も顔を合せたことはない。それが今不意に目の前へ、日の光りを透（す）かした雲のような、あるいは猫柳（ねこやなぎ）の花のような銀鼠の姿を現したのである。彼は勿論「おや」と思った。お嬢さんも確かにその瞬間、保吉の顔を見たらしかった。と同時に保吉は思わずお嬢さんへお時儀（じぎ）をしてしまった。

お時儀をされたお嬢さんはびっくりしたのに相違あるまい。が、どう云う顔をしたか、生憎もう今では忘れている。いや、当時もそんなことは見定める余裕を持たなかったのであろう。彼は「しまった」と思うが早いか、たちまち耳の火照り出すのを感じた。けれどもこれだけは覚えている。——お嬢さんも彼に会釈をした！

やっと停車場の外へ出た彼は彼自身の愚に憤りを感じた。なぜまたお時儀などをしてしまったのであろう？　あのお時儀は全然反射的である。ぴかりと稲妻の光る途端に瞬きをするのも同じことである。すると意志の自由にはならない。意思の自由にならない行為は責任を負わずとも好いはずである。けれどもお嬢さんは何と思ったであろう？　なるほどお嬢さんも会釈をした。しかしあれは驚いた拍子にやはり反射的にしたのかも知れない。今ごろはずいぶん保吉を不良少年と思っていそうである。一そ「しまった」と思った時に無躾を詫びてしまえば好かった。そう云うことにも気づかなかったと云うのは……

保吉は下宿へ帰らずに、人影の見えない砂浜へ行った。これは珍らしいことではない。彼は一月五円の貸間と一食五十銭の弁当とにしみじみ世の中が厭になると、必ずこの砂の上へグラスゴオのパイプをふかしに来る。この日も曇天の海を見ながら、まずパイプへマッチの火を移した。今日のことはもう仕方がない。けれどもまた明日になれば、必ずお嬢さんと顔を合せる。お嬢さんはその時どうするであろう？　彼を不良少年と思っていれば、一瞥を与えないのは当然である。しかし不良少年と思っていなければ、明日もまた今日のように彼のお時儀に答えるかも知れない。彼のお時儀に？　彼は――堀川保吉はもう一度あのお嬢さんに恬然とお時儀をする気であろうか？　いや、お時儀をする気はない。けれども一度お時儀をした以上、何かの機会にお嬢さんも彼も会釈をし合うことはありそうである。もし会釈をし合うとすれば、……保吉はふとお嬢さんの眉の美しかったことを思い出した。

　爾来七八年を経過した今日、その時の海の静かさだけは妙に鮮かに覚えている。保吉はこう云う海を前に、いつまでもただ茫然と火の消えたパイプを啣えていた。もっとも彼の考えはお嬢さんの上にばかりあった訣ではない。たとえば近々とりかかるはずの小説のことも思い浮かべた。その小説の主人公は革命的精神に燃え立った、ある英吉利語の教師である。鯁骨の名の高い彼の頸はいかなる権威にも屈することを知らない。ただし前後にたった一度、ある顔馴染みのお嬢さんへうっかりお時儀をしてしまったことがある。お嬢さんは背は低い方かも知れない。けれども見たところはすらりとしている。殊に銀鼠の靴下の踵の高い靴をはいた脚は――とにかく自然とお嬢さんのことを考え勝ちだったのは事実かも知れない。………

翌朝の八時五分前である。保吉は人のこみ合ったプラットフォオムを歩いていた。彼の心はお嬢さんと出会った時の期待に張りつめている。出会わずにすましたい気もしないではない。が、出会わずにすませるのは不本意のことも確かである。云わば彼の心もちは強敵との試合を目前に控えた拳闘家の気組みと変りはない。しかしそれよりも忘れられないのはお嬢さんと顔を合せた途端に、何か常識を超越した、莫迦莫迦しいことをしはしないかと云う、妙に病的な不安である。昔、ジァン・リシュパンは通りがかりのサラア・ベルナアルへ傍若無人の接吻をした。日本人に生れた保吉はまさか接吻はしないかも知れないけれどもいきなり舌を出すとか、あかんべいをするとかはしそうである。彼は内心冷ひやしながら、捜すように捜さないようにあたりの人々を見まわしていた。

するとたちまち彼の目は、悠々とこちらへ歩いて来るお嬢さんの姿を発見した。彼は宿命を迎えるように、まっ直に歩みをつづけて行った。二人は見る見る接近した。十歩、五歩、三歩、――お嬢さんは今目の前に立った。保吉は頭を擡げたまま、まともにお嬢さんの顔を眺めた。お嬢さんもじっと彼の顔へ落着いた目を注いでいる。二人は顔を見合せたなり、何ごともなしに行き違おうとした。

ちょうどその刹那だった。彼は突然お嬢さんの目に何か動揺に似たものを感じた。同時にまたほとんど体中にお時儀をしたい衝動を感じた。けれどもそれは懸け値なしに、一瞬の間の出来事だった。お嬢さんははっとした彼を後ろにしずしずともう通り過ぎた。日の光りを透かした雲のように、あるいは花をつけた猫柳のように。……

二十分ばかりたった後、保吉は汽車に揺られながら、グラスゴオのパイプを啣えていた。お嬢さんは何も眉毛ばかり美しかった訣ではない。目もまた涼しい黒瞳勝ちだった。心もち上を向いた鼻も、……しかしこんなことを考えるのはやはり恋愛と云うのであろうか？——彼はその問にどう答えたか、これもまた記憶には残っていない。ただ保吉の覚えているのは、いつか彼を襲い出した、薄明るい憂鬱ばかりである。彼はパイプから立ち昇る一すじの煙を見守ったまま、しばらくはこの憂鬱の中にお嬢さんのことばかり考えつづけた。汽車は勿論そう云う間も半面に朝日の光りを浴びた山々の峡を走っている。

「Tratata tratata tratarach」

あいびき

堀辰雄

……一つの小径（こみち）が生い茂った花と草とに掩（おお）われてほとんど消えそうになっていたが、それでもどうやら僅かにその跡らしいものだけを残して、曲りながらその空家へと人を導くのである。もう人が住まなくなってから余程になるのかも知れぬ。それまで西洋人の住まっていたらしいことは、そのささやかな御影石（みかげいし）の間に嵌（は）めこまれた標札にかすかに A. ERSKINE と横文字の読めるのでも知られる。

その空家は丁度或るやや急な傾斜をもった坂道の中腹にあった。一たいに坂道というものがどれでも多少人を夢見心地にさせる性質のものである。そういう坂道の中途まで来てふと足を止めた瞬間、ひょいとそんな荒れ果てた庭園が目に入るので、人はますますその空家を何だか夢の中ででも見ているような気がするのである。
或る日のこと、その坂道を一人の少年と一人の少女とが互いに肩をすりあわせるようにして降りてきた。小さな恋人たちなのかも知れない。そう云えば、さっきから自分等のための love-scene によいような場所をさんざ捜しまわっているのだが、それがどうしても見つからないですっかり困ってしまっているような二人に見えないこともない。

――

そんな二人がその坂の中途まで下りて来て、ふと足を止めて、そういう絵のような空家とその庭とを目に入れたのである。それを見ると、二人は互いに目と目とでこんな会話をしたようだった。「ここなら誰にも見られっこはあるまい」「ええ、私もそう思うの……」

そう決めたのか、二人はその坂の中腹から彼等の背ぐらいある雑草をかき分けながらその空家の庭へずんずんはいって行った。ちょっと不安そうな眼つきで横文字の書いてある標札をちらりと見ながら。……

その庭園の奥ぶかくには、彼等が名前を知らないような花がどっさり咲いていた。少年はその一つの叢(くさむら)を指しながら、

「やあ、薔薇が咲いていらあ……」と、いくぶん上ずった声で云った。

「あら、あれは薔薇じゃありませんわ」少女の声はまだいくらか少年よりも落着いている。「あれは蛇苺よ。あなたは花さえ見れば何でも薔薇だと思う人ね……」

「そうかなあ……」

少年はすこし不満そうに見える。それから二人は黙ったままその空家のまわりを一巡して見た。窓硝子がところどころ破れている。が、その破れ目から二人がいくら背伸びをして覗いて見ても、ひっそりと垂れている埃まみれのカアテンにさえぎられて、その中の様子はよく見えなかった。それでも台所のところなどは内部がちらりと見えた。そこなどはいろんな台所道具が雑然と散らかっていて、中には倒れたまんまのもあり、そしてそれらのものは一面にこぼれた壁土のようなもので埋もれていた。どうやら震災の時からそっくりそのままにされているらしい。この家の持主である外国人は震災の時死んでしまったかも知れない。——二人はその空家を垣の中途から最初見たときふと彼等の心に浮んだ或る考えをいつか忘れてしまったかのように、そんなことばかりしゃべり合っている。

が、その家の裏手に、そこの庭園から丁度露台へ上るような工合にして直接にその家の二階へ通じているらしい、木蔦のからんだ洋風の階段を見出した時に、少年よりいくぶん早熟ているらしい少女は思い切ったように言った。

「ちょっとあれへ上って見ないこと？」

「うん……」少年は生返事をしている。

「そんなら私が先へ行くわ……」

それでもと云いかねて、やはり少年は自分が先に立ってその木蔦のからんだ階段をすこし危なっかしそうな足つきで上って行った。が、その中途まで上ったかと思うと、少年は急に足を止めた。そこの壁の上に彼の顔を赧くするような落書の描いてあるのを発見したからである。少年はくるりと踵を返すと、

「やっぱり悪いから止そうよ」と云いながら、ずんずん一人で先に降りてしまった。少女はそこに一人きり取り残されて、しばらく呆気にとられているように見えたが、やがて彼女も彼のあとを追った。

そうしてそのまま二人は彼等の love-scene には持ってこいに見えたその空家の庭からとうとう立ち去ったのである。

少年はその家を遠ざかるにつれ、つくづく自分に冒険心の足りないことを悲しむばか

りであった。そうしてその辺の外人居留地かも知れない洋館ばかりの立ち並んだ見知らない町の中を少女と肩をならべて歩きながら、そういう弱虫の自分に対して自分自身で腹を立ててでもいるかのように、急に何時(いつ)になくおしゃべりになった。

「君、メリメエという人の小説を読んだことがある？」

「いいえ、ないわ」

「そうかい、僕はその人の小説がとても好きなんだがなあ……僕はその人の短篇でね、『マダム・ルクレエス街』というのを読んだことがあるんだ……その中にね、丁度、今みたいな家が出てくるんだぜ、それは伊太利(イタリイ)の話だけれど……ところがその空家の二階の長椅子がね、一つだけ埃がちっとも溜まっていなくて、何だか始終人に使われているみたいだったんだ……実はそこでね、毎晩あるお姫様がその恋人とあいびきをしていたということが後でわかるんだよ。そう云えば、今のあそこの二階もね、僕は何だかそんな秘密でもありそうな気がしてならなかったよ……やはりさっき上って見ればよかったなあ……」

「まあ……」少女はそんな突拍子もない少年の話を聴きながら顔を真っ赤にしていた。

それに気がつくと、少年も顔を真っ赤にした。――そうしてしばらく気まり悪そうに二人は黙って歩いていたが、今度は少女の方が口をきいた。

「あなたは随分空想家ね」

「そうかなあ……」どうもこれは少年の口癖のように見える。

　気がついて見ると、いつの間にか二人の前には五六人の、支那人の子供たちが立ちはだかっていて冷やかすように彼等を見上げているのである。二人は一層まごまごした。いつの間にこんな支那人町へなど足を踏み入れたのかしら。……

　それは何処（どこ）の町にもぽかぽかと日の当っているような、何となくうっとりするような、五月の或る午後のことであった。

悪寒

田村俊子

『なんでもいいから私の心に触って貰いたくないの。私の心にさわられるのが厭なの。』あなたはこう云って何処かへ行ってしまった。結婚の事も打っ棄らかして、私も打っ棄らかして、あなたは何処の山の奥へ行ってしまったんです。

あなたは何とかが崎とかから、たった一枚の端書を下すったばかりです。『海ばかり眺めている。力って美しいもんですね。』こんな事があの端書の中に書いてありました。あなたはそんなにして海の力の美しいのに惚れ惚れしていらしったんですか。・・・・・・・・そうではないでしょう。あなたはもしか温い唇のような甘い魅力にその滑かな純な血を悶えさせて、そうして恋の力の美しく大きいのに恍惚しているのじゃないんですか。

あなたの端書をおだしになった何とかが崎とかには、あなたの大好きなY(ワイ)さんが遊びに行っておいでのようですね。あの端書にこれから山の奥へ行(ゆ)くとありましたが、今頃は何処の山の奥で、自由な恋にあなたの初心(うぶ)な瞳子(ひとみ)をふるわしている事かと思うと、私は自分のからだの中の血汐(ちしお)が塩(しお)っぽくなってくるような気がします。

あなたが居なくなってしまった後の私(わたくし)は、浮世を寂(さび)しがって、そうしてやっぱりあなたの事ばかり思っています。あなたと云う人が懐かしいんです。あなたは何処の山の奥で秋の気を味(あじわ)っておいでか知らないけれど、東京もすっかり秋になりました。淋しい風が庭の草花(くさはな)の小さな葉をこまごまと吹いて行(ゆ)きます。庭の隅の夏の間(あいだ)一度も見かけた事のなかった草の葉が、ひらりひらりとさも自分だけで秋を受けてると云う様な風(ふう)で俯向(うつむ)きながら風に揺られてるのを見付けた時、私は何となく、何処かで秋の風に吹かれてるあなたの袂(たもと)を見たような心持(こころもち)がしました。雨ばかり降りつづけていましたが、今日は午後になって気重(きおも)らしい日の光りが掃きだし窓の簾(すだれ)の下に静(しずか)に斜(はす)に流れていました。

私は毎日括(くく)り枕を座敷から座敷へ持ち歩いて、行(い)きなりに畳の上の彼方此方(あっちこっち)へごろりごろりと横になっています。お別れした晩私は頭が悪(わ)るいと云っていましたが、あれから私の気分は少しも勝れないのです。私は蒼い滑々した顔をして、唇だけにかわいた赤味を持って、それはそれはいやな顔付をしています。

私は時々眼を見据えて、指先まで冷めたくなった手をぐいと握りしめて、『わあっ』と大きな声が出したくなってくるんです。そうして、時々、大波がかぶってくる様は動悸がどっきどっきと打ってくるんです。そうすると私は真っ闇な底の底の方へだんだんと自分の身体が落ち込んでゆく様な心持がしてくるんです。私は柱へ掴って、柱をぐいぐい揺ぶったり、大手を振って座敷の内を飛んで歩いたりするんですよ。底の方へ身体が沈んでゆくのが恐しくって堪らなくなるんです。それでこうして気狂いじみて暴れるんですけれど、その暴れたあとは随分苦しい。身体じゅうの精気がすっかり私の眼の底から抜けて行っちまった様な気がします。私はへとへとになって畳の上へ突っ伏します。私は何でも注視する事ができなくなりました。物をじっと見詰めていると、それが大きな真っ暗な陰影になって私の眼の上に塞がってくるんです。その陰が私の鼻孔と口の上とを封印をするようにぴたりと密閉するんです。そうするとこの動悸が始まってくるんです。

私は家のなかをそろそろと這う様にして歩いています。とてもせかせかと動く事なんかは出来ません。それで家のなかの壁がうるさくってうるさくって仕方がない時があるんです。どうかしてこの壁を突き崩してやりたいもんだと思い始めると、私はもうかっかっとして来ます。この間の朝も、あるじの顔を私はふいと見たんです。そうすると、あの鼻の尖きの丸いのが気になって、気になってどうしても削らずには居られない気がしてきたんです。私は長い間鋭い小刀の尖きの事を思いつめていましたが、じっと我慢してる内に眼がくらくらしてきました。私は頻りと『ピラミッド、ピラミッド』って云ってましたが、掌の内が冷めたい脂肪汗でにちゃにちゃして来て、そうして悪寒がしてほんとに困りました。ピラミッドって口へ出して云って見たら少し気分がおさまったんです。余っ程私の頭は変になってるんですね。

それでいて私はほんとによく泣きます。哀れっぽい影を私の着物の襞積にたるまして、縁側に立ってはよくほろほろと泣いています。

あなたがよく、私に旅をおしなさいと勧めたでしょう。そういう時に私はきっとこんな事を云いました。『私はいつかしら遠い遠いところへ旅をする日があると思っている。その旅に出ると私はもう決してここへは帰ってこない——私はその日を待っている、だから私はちょいと出てすぐ帰ってくるような旅へは出たくない。』って云いましたね。

私はその遠い遠い旅へ出る日がもう近くなって来たような寂しい心になっては泣くんです。泣かない時は畳の上にころころ転がって、自分の心の上を、烏が嘴で魚の腸を突っつくようにさまざまな嘴が来て突っつき散らし、ほじくり散らしするのをじっと眺めているのです。・・・・・・・・・・・・・・・・あなたはお丈夫ですか。

あの晩は、あなたの心と私の心とがちっともそぐわないで、お互に意地の悪るい眼を胸の底に光らしてるような他人行儀さでお別れしてしまいました。またあの晩ほど私はあなたを憎いと思った事はありませんでした。あなたの前に立って、あなたというものの全体から醜いところばかりを掴みだしてやろうという様な心持で、私はあなたに対していたのです。何故あんなにあなたが憎らしかったのでしょう。池の端へ出て、向うの灯りを見ながら二人が並んで立った時も、私はあなたを幾度小突き仆してやろうと思ったか知れませんでした。そうしてあなたの身体が、あの晩ほど私に小さく見えた事も今迄にありませんでした。

あなたはあの晩私にとうとう何も云わないであれ限りで何処かへ行ってしまいました。

『恋というようなこと?』

私がこう云って聞きかけたら、あなたは『え』と云ったぎりで、いつまでも考えながら歩いていたでしょう。そうしてその後をとうとう云わないであの晩限りで別れてしまった。

しかし私は知ってますよ。一旦結婚しようと決心したあなたが、またその結婚がいやになって、そうして年老った御両親にも反いて、その事の為に心配してる妹さんも放りだして、自分の心に触られないところまで何処までも逃げて歩くと云って何処かへ行ってしまったあなたは、恐らく今頃はその大切に囲んでる御自分の心を、そっくりその儘に誰かの胸の内にあずけているに違いない。そうしてそれはYさんの胸に違いない。――

自分の心にさわられまいとして、力いっぱい自分の周囲を遮って、そうして或る一人の胸にその心を包ませようとしているあなたの若さ、そうして鮮さが、私には悲しく美しい。・・・・・・・・けれどこれは今別れているあなたを思いやってこうした涙も浮べるのですけれど、大凡そうであろうと見当を付けたあの晩の私は、その為にあなたがただ憎かったのです。

去年初めて私があなたに逢った頃、あなたはこんな手紙を私によこしました。

今の私と云ったらただもう闇い色にさ迷っているのです。私は私にとっていま恐しい問題を抱いているんです。昔から今の、凡ての人、あらゆる書物、そういうものは近頃私の頭に漲ってきたようなこんな事を、あからさまに誰も教えてはくれなかったのです。こんがらがってるこの頭がその内に解釈してくれるかも知れないと思うのですが、その時初めて自分の歌いたいと思う様な世界が私の前に開けてくるのでしょう。私はよく知っています。今の私には歌おうとする何物も持ってはいないのです。――けれどこんな事は自然その人間一人のことですからね。ねそうでしょう。生れた時に私は二人で出てきはしなかったのです。私には孤独という様な事がちっとも不思議とも思いませんの、独りという事は随分いい味で、芳烈な高い匂いですわ。そりゃ色はないかも知れないけれど。

あなたは忘れたかも知れないが、私はこういうあなたの手紙が取ってあります。私はこの手紙を見てあなたは恋の色彩のあるローマンスを自身の上に求めているのだと思いました。そうして多くの男の友達を持ちながら、ついぞ今まで恋を知らずに来たというあなたが、私には小鳥の手触りのように柔らかく、可愛ゆく懐かしかった。そうしてあなた自身の芸術が、あなたにそうした自超して生活をつづけさせたという事も私には嬉しいのでした。嬉しいのと同時に、私は私の蝕まれた多くの年齢を振返って見てどんなに恨めしく悲しく思ったか知れませんでした。あなたと私とは三歳しきゃ違わないんです。

私はあなたの手を曳いた時その純な血の脈打つのを、萌え初めた草の芽を弄ぐるような快いなつかしい感じで味わったりしました。あの郊外の家で、独り居るという情無さがあなたに絵の具刷毛を強い付けているという様な淋しい物憂い風をしてあなたが絵を描いてる時などに、私はよく行き合せました。私の顔を見るといい加減塗られた板をしまって、あなたは直ぐに私を遊ぶ相手にしてしまいましたね。私もあなたとはよく遊びました。

劇場へゆき、展覧会へゆき、カフェーへゆき、一銭の玩弄や千代紙を買って、買い集めてそうして遊びましたね。丹色と水色の絵日傘を買って、あなたには丹色が似合い、私には水色が似合うと云って、それを肩に担いで鏡の前に立ったりしました。

おもちゃを買って、なにわ踊りを見て、十二階の窓の灯りが一つずつ消えてゆくのを魔宮殿でも見ている様な心持で池の傍に佇んだり、その池の水に雨の足がぽちぽちと点を打つのを見付けて、二人ながら抱き合いたいように悲しい悲しい心持になったりしたある晩もありました。

その頃の私にはあなたが何様に恋しく親しい人であったでしょう。私は唯子供のようになってあなたと遊びました。あなたと二人で顔を突き出す場所には唯自分共の悦楽があるばかりでした。あなたと二人でならどんな所ででも口を開いて笑う事ができました。二人が歩いてゆく町には唯赤い賑やかな色が漲っているばかりでした。二人ながら行人の批評の眼なぞをぬすみ見した事もありませんでした。いつも子供らしいどよめきを自分の胸いっぱいに波立たせながらあなたと二人で遊んだのでした。あなたに逢わない間は私はあなたの事を思いながら、赤い麻の葉の千代紙を切りこまざいて一人で遊んでいました。その麻の葉の色刷りの中にはさまざまな懐かしい私の子供の時代の幻が織り込まれてありました。子供時代の追懐には、いつも春の陽炎のような、うらうらした、またぼやっとした、その癖限りもなく明るいような、ふしぎな光りが添っているものですね。あなたも何時かそんな事を云っていたようでしたね。

　こうして私にはあなたという人が忘れられない人でした。あなたに逢わない間は私はあなたを思って淋しがっていた。あなたと一所にいられる間の私は、臆面のない無邪気な限りのない明るさの中に浸っていられる子供になっている事が出来ました。さもなければ恐しくある権威を感じた一人の芸術家というような他に対して思い上った気分を持っている事が出来ました。私はすべてに向って自分の女という事を忘れている事が出来ました。自分の現在の生活からちょいと立越えていられる様な感じが味わえたのもその頃でした。

私は自分の周囲から脱(のが)れて、そうしてあなたと二人限(ぎ)りの生活を初(はじ)めようかとさえ思っていました。私はあなたとさえ一所に居たら、世間を忘れた放縦(きまま)な生活が出来るに違いないと思ったからです。私は二人で好きなおもちゃ店(や)を開いて、そうしてあなたは絵を描き私は筆を持つという様な楽しい生活を想像して見たりしました。男というものから離れて、そうした女同士の気散(きさん)じな生活を考え付くと、もう何となく私の身体は大きな海の真中(まんなか)にでもゆらゆらと乗り出たような好(い)い気がしたりしました。

けれどあなたはとうとう私から離れてしまった。普通の女の友達という終局を私に押し付けて、そうしてあなたは私を離れてしまった。あの晩あなたが憎かったのもそれでした。

あの晩あなたは、おもちゃの事を考えても厭だと云ってましたね。あなたの眼にはもう赤や青の単純な色は映らなくなっていました。

私と手を引き合って灯りの色を喜んで遊んで歩いたつい昨日の事が、あなたには馬鹿(ばか)気(げ)た拵(こしら)え物を見せ付けていられたような気がしていたに違いない。清浄(しょうじょう)な真っ赤な生血(いきち)を盛(も)ったあなたの心臓を、一時に圧迫した恋の力は、あなたをあれほど物にたゆたげな女にしてしまったのですね。あの姿が今日のあなたの自然さなのでしょう。だが私はあの時のあなたが憎かったのです。

あなたは一時に痩せていました。あなたの着物はあなたの身体の上にぴたりと合わないでぶわぶわしていました。あの着物の上から何処を抑えてもあなたの肉には触れないだろうと思う程あなたの身は小さく正体なしに見えていました。――私は幾度あなたを小突き倒そうと思ったか知れなかった。

そうしてあなたは私に何も云わずに終った。唯一人で自分の思いに絡まり、自分の思いを解し、そうして自分の思いを味おうという様に考え考え歩いていて、私には何一とつ自分の思いらしいものを聞かそうともしませんでした。私も聞きたいとも思わなかった。そうしてあなたが憎いと一所に私はどんなに自分を悲しんだか知れません。あなたを私の心から失くすという事は、今の私の悶えの多い生活の一部をわずかに色彩っていた赤い親しい色を滅してしまうのと同じです。私には一番芸術味の充ちていたそうして一番自分の自由な感情の味わえた時間――あなたと二人で笑いながら歩きまわった時間というものを、私の生活の上から失くしてしまうのかと思った時私は唯胸がいっぱいになってしまった。あの晩の興味のなかった事！　あなたは『いやな晩ね。何もかも

濁っているじゃありませんか。』って云いました。そうして、

『誰(だあれ)もこないような山の奥へ行(ゆ)きます。今度逢う時を楽しみな好(い)い時にしましょう。』

そう云って別れてしまった。――――もう二月(ふつき)経ちましたね。

私はまた、自分の現在の生活の上にぴったりと面と向ける人間になりました。あなたがおもちゃが厭になり千代紙が厭になり、そうして物に驚き物に喜んでいた子供っぽさが馬鹿馬鹿しくなってしまったように、私も赤い麻の葉の千代紙を手に取ってもそれが唯の紙という感じばかりしきゃ残りません。小女郎(こじょろう)の扱(しご)きになりお七の蹴出(けだ)しになって襞積(ひだ)を打つような媚(なま)めかしさを、どうしてあの頃私の胸にまざまざと映していたのかと不思議に思うほどに、あれが唯一枚のぱさっとした紙なんです。あんなにして二人で買い集めた千代紙ものぞいて見るのも厭になりました。千代紙の入っているあの戸棚を開けると、春雨の降ってる昼間、小屏風を立ててあれさまを飾って遊んだ自分の二十何年も前の悲しい追憶が暗い隅(すみ)にゆらゆらと揺れる――――のです。あなたによって子供の時代のなつかしい情調(じょうちょう)をその儘(まま)作って遊ぶ事の出来た私は、あなたが居なくなると同時(いっしょ)に、その千代紙やおもちゃの上に悲しい追憶ばかりをはっきりと印(しる)し付けて残されたようなものなのでした。私はそっとそのおもちゃを手に取ろうとして、遊び友達の帰って

しまった後で一人でぽつんとおもちゃを片付けている時の私の小ぽけなおたばこぼんの後姿をふと影のように見付けた事がありました。私はあの戸棚を時々そっと開けて見てはまた閉めたりしています。

私はまたあるじとぴったりと顔を合せる人間になりました。あなたの何時も云う様に相変らずあるじは善い人でいます。あの人の肌を裂いて見たら葱の枯れっ葉がいっぱいに詰まってるだろうと思う様な皮膚の色をして、痩せた姿をして、自分だけの仕事をこつこつと務めています。――――この節ほど私がこのあるじに親しみを持ってる事はかつてありません。この頃の私はこのあるじに真実によく親んでいます。そうしてあの善人らしい相を眺めていて、私は時々よく涙を流すのです。

私はこの人に優しいしおらしい紫苑の花のような女を妻に持たしてやりたいと思います。若い晴れ晴れした、理屈などを云う事の知らない柔順な可愛らしい女を、この人の傍に置いてやりたいと思います。そう思って私は時々泣いています。私のどこまでも執拗い放縦がこの善い人を苛め通している事を思うと、私はこの人の顔を見て泣かずにはいられません。けれどどうする事も出来ません。

どうする事もできないどうする事できないと云って私は私の手足を放りだして、唯じ、たばたじたばたして涙をこぼしているだけのものなんですね。あなたが今の私を見たら、『よくそうしていられる。』と云うでしょう。じっと自分の心を縮めてしまって、そうして眼ばかり燃えるようにぴかぴかさせている様な私の姿です。あるじはそれを腕組みをしてぼんやり立って眺めています。私共夫婦は随分とんちんかんな夫婦だとは思いませんか。

　私は自分の頭の中で引っ切りなしにぐるぐる回っているこの人の顔が、うるさくてうるさくて仕方がなくなると、自分の髪の毛を引きむしったりしますが、それでも真正面(まとも)にこの人の顔を眺めた時はやっぱり温(あたたか)いものを含んだようになつかしい気がします。『何故私を捨てないのだろう。』私はこう思って、この辛抱強いあるじの顔を見詰めていると、私は身体が慄(ふる)えるほど恐(おそろ)しくなってくることがあります。こういう悩みはあなたに逢わない前から私の心の上に流れていたのです。それがあなたに逢ってから、ふと千代紙でかくされました。けれどまた、その悩みは色を濃くして私の心の上にまざまざと現れてきました。

　淋しい風が吹きますね。冷(つ)めたい水の流れのような木(き)の葉のさざめきが、まあ何という悲しい響きを立てるのでしょう。私はやっぱりあなたが懐(なつか)しい。——けれど逢いたくはない。ちっとも逢いたくはない。ねえ、あなたもこの風の音を何処かで聞いておいででしょう。そうしてあなたも淋しいでしょう。——あなたの傍からさわられまいとして大切に囲んでるその心が、ついに血を滴らすまでに切り破られたと気の付く時は、それはいつでしょう?

いつか二人で話したように、金魚が池の中で泳いでいるように私たちの心もこの広い世界の真中へ泳がして、そうして勝手気儘に二人して尾鰭を振って遊ぼうと思った事も、いつの間にか過ぎてしまって、そうして消えてしまいました。

左様なら。…………………

あなたはいつ帰ってくるのです。もう帰ってこないのですか? あなたが帰ってくるまでに、私はこの気になって仕方のない壁を突き破っているだろうか。

葉桜と魔笛

太宰治

桜が散って、このように葉桜のころになれば、私は、きっと思い出します。――と、その老夫人は物語る。――いまから三十五年まえ、父はその頃まだ存命中でございまして、私の一家、と言いましても、母はその七年まえ私が十三のときに、もう他界なされて、あとは、父と、私と妹と三人きりの家庭でございましたが、父は、私十八、妹十六のときに島根県の日本海に沿った人口二万余りの或るお城下まちに、中学校長として赴任して来て、恰好（かっこう）の借家もなかったので、町はずれの、もうすぐ山に近いところに一つ離れてぽつんと建って在るお寺の、離れ座敷、二部屋拝借して、そこに、ずっと、六年目に松江の中学校に転任になるまで、住んでいました。私が結婚致しましたのは、松江に来てからのことで、二十四の秋でございますから、当時としてはずいぶん遅い結婚でございました。早くから母に死なれ、父は頑固一徹の学者気質で、世俗のことには、とんと、うとく、私がいなくなれば、一家の切りまわしが、まるで駄目になることが、わかっていましたので、私も、それまでにいくらも話があったのでございますが、家を捨ててまで、よそへお嫁に行く気が起らなかったのでございます。せめて、妹さえ丈夫でございましたならば、私も、少し気楽だったのですけれども、妹は、私に似ないで、たいへん美しく、髪も長く、とてもよくできる、可愛い子でございましたが、からだが弱く、その城下まちへ赴任して、二年目の春、私二十、妹十八で、妹は、死にました。そのころの、これは、お話でございます。妹は、もう、よほどまえから、いけなかったのでございます。腎臓結核という、わるい病気でございまして、気のついたときには、両方の腎臓が、もう虫食われてしまっていたのだそうで、医者も、百日以内、とはっきり父に言いました。どうにも、手のほどこし様が無いのだそうでございます。ひとつき経ち、ふたつき経って、そろそろ百日目がちかくなって来ても、私たちはだまって見ていなければいけません。妹は、何も知らず、割に元気で、終日寝床に寝たきりなのでございますが、それでも、陽気に歌をうたったり、冗談言ったり、私に甘えたり、これがもう三、四十日経つと、死んでゆくのだ、はっきり、それにきまっているのだ、と思うと、胸が一ぱいになり、総身を縫針で突き刺されるように苦しく、私は、気が狂うようになってしまいます。三月、四月、五月、そうです。五月のなかば、私は、あの日を忘れません。

野も山も新緑で、はだかになってしまいたいほど温く、私には、新緑がまぶしく、眼にちかちか痛くって、ひとり、いろいろ考えごとをしながら帯の間に片手をそっと差しいれ、うなだれて野道を歩き、考えること、考えること、みんな苦しいことばかりで息ができなくなるくらい、私は、身悶えしながら歩きました。どおん、どおん、と春の土の底の底から、まるで十万億土（じゅうまんおくど）から響いて来るように、幽（かす）かな、けれども、おそろしく幅のひろい、まるで地獄の底で大きな大きな太鼓でも打ち鳴らしているような、おどろおどろした物音が、絶え間なく響いて来て、私には、その恐しい物音が、なんであるか、わからず、ほんとうにもう自分が狂ってしまったのではないか、と思い、そのまま、からだが凝結して立ちすくみ、突然わあっ！　と大声が出て、立って居られずぺたんと草原に坐って、思い切って泣いてしまいました。

あとで知ったことでございますが、あの恐しい不思議な物音は、日本海大海戦、軍艦の大砲の音だったのでございます。東郷提督の命令一下で、露国のバルチック艦隊を一挙に撃滅なさるための、大激戦の最中だったのでございます。ちょうど、そのころでございますものね。海軍記念日は、ことしも、また、そろそろやってまいります。あの海岸の城下まちにも、大砲の音が、おどろおどろ聞えて来て、まちの人たちも、生きたそらが無かったのでございましょうが、私は、そんなこととは知らず、ただもう妹のことで一ぱいで、半気違いの有様だったので、何か不吉な地獄の太鼓のような気がして、ながいこと草原で、顔もあげずに泣きつづけて居りました。日が暮れかけて来たころ、私はやっと立ちあがって、死んだようにぼんやりなってお寺へ帰ってまいりました。

「ねえさん。」と妹が呼んでおります。妹も、そのころは、痩せ衰えて、ちから無く、自分でも、うすうす、もうそんなに永くないことを知って来ている様子で、以前のように、あまり何かと私に無理難題いいつけて甘ったれるようなことが、なくなってしまって、私には、それがまた一そうつらいのでございます。

「ねえさん、この手紙、いつ来たの？」

私は、はっと、むねを突かれ、顔の血の気が無くなったのを自分ではっきり意識いたしました。

「いつ来たの？」妹は、無心のようでございます。私は、気を取り直して、「ついさっき。あなたの眠っていらっしゃる間に。あなた、笑いながら眠っていたわ。あたし、こっそりあなたの枕もとに置いといたの。知らなかったでしょう？」「ああ、知らなかった。」妹は、夕闇の迫った薄暗い部屋の中で、白く美しく笑って、「ねえさん、あたし、この手紙読んだの。おかしいわ。あたしの知らないひとなのよ。」

知らないことがあるものか。私は、その手紙の差出人のM・Tという男のひとを知っております。ちゃんと知っていたのでございます。いいえ、お逢いしたことは無いのでございますが、私が、その五、六日まえ、妹の箪笥をそっと整理して、その折に、ひとつの引き出しの奥底に、一束の手紙が、緑のリボンできっちり結ばれて隠されて在るのを発見いたし、いけないことでしょうけれども、リボンをほどいて、見てしまったのでございます。およそ三十通ほどの手紙、全部がそのM・Tさんからのお手紙だったのでございます。もっとも手紙のおもてには、M・Tさんのお名前は書かれておりませぬ。手紙の中にちゃんと書かれてあるのでございます。そうして、手紙のおもてには、差出人としていろいろの女のひとの名前が記されてあって、それがみんな、実在の、妹のお友達のお名前でございましたので、私も父も、こんなにどっさり男のひとと文通しているなど、夢にも気附かなかったのでございます。

きっと、そのＭ・Ｔという人は、用心深く、妹からお友達の名前をたくさん聞いて置いて、つぎつぎとその数ある名前を用いて手紙を寄こしていたのでございましょう。私は、それにきめてしまって、若い人たちの大胆さに、ひそかに舌を巻き、あの厳格な父に知れたら、どんなことになるだろう、と身震いするほどおそろしく、けれども、一通ずつ日附にしたがって読んでゆくにつれて、私まで、なんだか楽しく浮き浮きして来て、ときどきは、あまりの他愛なさに、ひとりでくすくす笑ってしまって、おしまいには自分自身にさえ、広い大きな世界がひらけて来るような気がいたしました。

私も、まだそのころは二十になったばかりで、若い女としての口には言えぬ苦しみも、いろいろあったのでございます。三十通あまりの、その手紙を、まるで谷川が流れ走るような感じで、ぐんぐん読んでいって、去年の秋の、最後の一通の手紙を、読みかけて、思わず立ちあがってしまいました。雷電に打たれたときの気持って、あんなものかも知れませぬ。のけぞるほどに、ぎょっと致しました。妹たちの恋愛は、心だけのものではなかったのです。もっと醜くすすんでいたのでございます。私は、手紙を焼きました。一通のこらず焼きました。Ｍ・Ｔは、その城下まちに住む、まずしい歌人の様子で、卑怯(きょう)なことには、妹の病気を知るとともに、妹を捨て、もうお互い忘れてしまいましょう、など残酷なこと平気でその手紙にも書いてあり、それっきり、一通の手紙も寄こさないらしい具合でございましたから、これは、私さえ黙って一生ひとに語らなければ、妹は、きれいな少女のままで死んでゆける。誰も、ごぞんじ無いのだ、と私は苦しさを胸一つにおさめて、けれども、その事実を知ってしまってからは、なおのこと妹が可哀そうで、いろいろ奇怪な空想も浮んで、私自身、胸がうずくような、甘酸っぱい、それは、いやな切ない思いで、あのような苦しみは、年ごろの女のひとでなければ、わからない、生地獄でございます。まるで、私が自身で、そんな憂き目に逢ったかのように、私は、ひとりで苦しんでおりました。あのころは、私自身も、ほんとに、少し、おかしかったのでございます。

「姉さん、読んでごらんなさい。なんのことやら、あたしには、ちっともわからない。」

　私は、妹の不正直をしんから憎く思いました。

「読んでいいの？」そう小声で尋ねて、妹から手紙を受け取る私の指先は、当惑するほど震えていました。ひらいて読むまでもなく、私は、この手紙の文句を知っております。けれども私は、何くわぬ顔してそれを読まなければいけません。手紙には、こう書かれてあるのです。私は、手紙をろくろく見ずに、声立てて読みました。

――きょうは、あなたにおわびを申し上げます。僕がきょうまで、がまんしてあなたにお手紙差し上げなかったわけは、すべて僕の自信の無さからであります。僕は、貧しく、無能であります。あなたひとりを、どうしてあげることもできないのです。ただ言葉で、その言葉には、みじんも嘘が無いのでありますが、ただ言葉で、あなたへの愛の証明をするよりほかには、何ひとつできぬ僕自身の無力が、いやになったのです。あなたを、一日も、いや夢にさえ、忘れたことはないのです。けれども、僕は、あなたを、どうしてあげることもできない。それが、つらさに、僕は、あなたと、おわかれしようと思ったのです。あなたの不幸が大きくなればなるほど、そうして僕の愛情が深くなればなるほど、僕はあなたに近づきにくくなるのです。おわかりでしょうか。僕は、決して、ごまかしを言っているのではありません。僕は、それを僕自身の正義の責任感からと解していました。けれども、それは、僕のまちがい。僕は、はっきり間違って居りました。おわびを申し上げます。僕は、あなたに対して完璧の人間になろうと、我慾を張っていただけのことだったのです。僕たち、さびしく無力なのだから、他になんにもできないのだから、せめて言葉だけでも、誠実こめてお贈りするのが、まことの、謙譲の美しい生きかたである、と僕はいまでは信じています。つねに、自身にできる限りの範囲で、それを為し遂げるように努力すべきだと思います。どんなに小さいことでもよい。タンポポの花一輪の贈りものでも、決して恥じずに差し出すのが、最も勇気ある、男らしい態度であると信じます。僕は、もう逃げません。僕は、あなたを愛しています。毎日、毎日、歌をつくってお送りします。それから、毎日、毎日、あなたのお庭の塀のそとで、口笛吹いて、お聞かせしましょう。あしたの晩の六時には、さっそく口笛、軍艦マアチ吹いてあげます。僕の口笛は、うまいですよ。いまのところ、それだけが、僕の力で、わけなくできる奉仕です。お笑いになっては、いけません。いや、お笑いになって下さい。元気でいて下さい。神さまは、きっとどこかで見ています。僕は、それを信じています。あなたも、僕も、ともに神の寵児（ちょうじ）です。きっと、美しい結婚できます。

待ち待ちて　ことし咲きけり　桃の花　白と聞きつつ　花は紅なり

僕は勉強しています。すべては、うまくいっています。では、また、明日。M・T。

「姉さん、あたし知っているのよ。」妹は、澄んだ声でそう呟（つぶや）き、「ありがとう、姉さん、これ、姉さんが書いたのね。」

私は、あまりの恥ずかしさに、その手紙、千々に引き裂いて、自分の髪をくしゃくしゃ引き捲ってしまいたく思いました。いても立ってもおられぬ、とはあんな思いを指して言うのでしょう。私が書いたのだ。妹の苦しみを見かねて、私が、これから毎日、M・Tの筆蹟を真似て、妹の死ぬる日まで、手紙を書き、下手な和歌を、苦心してつくり、それから晩の六時には、こっそり塀の外へ出て、口笛吹こうと思っていたのです。

恥かしかった。下手な歌みたいなものまで書いて、恥ずかしゅうございました。身も世も、あらぬ思いで、私は、すぐには返事も、できませんでした。

「姉さん、心配なさらなくても、いいのよ。」妹は、不思議に落ちついて、崇高なくらいに美しく微笑していました。「姉さん、あの緑のリボンで結んであった手紙を見たのでしょう？　あれは、ウソ。あたし、あんまり淋しいから、おととしの秋から、ひとりであんな手紙書いて、あたしに宛てて投函していたの。姉さん、ばかにしないでね。青春というものは、ずいぶん大事なものなのよ。あたし、病気になってから、それが、はっきりわかって来たの。ひとりで、自分あての手紙なんか書いてるなんて、汚い。あさましい。ばかだ。あたしは、ほんとうに男のかたと、大胆に遊べば、よかった。あたしのからだを、しっかり抱いてもらいたかった。姉さん、あたしは今までいちども、恋人どころか、よその男のかたと話してみたこともなかった。姉さんだって、そうなのね。姉さん、あたしたち間違っていた。お悧巧すぎた。ああ、死ぬなんて、いやだ。あたしの手が、指先が、髪が、可哀そう。死ぬなんて、いやだ。いやだ。」

私は、かなしいやら、こわいやら、うれしいやら、はずかしいやら、胸が一ぱいになり、わからなくなってしまいまして、妹の痩せた頬に、私の頬をぴったり押しつけ、ただもう涙が出て来て、そっと妹を抱いてあげました。そのとき、ああ、聞えるのです。低く幽かに、でも、たしかに、軍艦マアチの口笛でございます。妹も、耳をすましました。ああ、時計を見ると六時なのです。私たち、言い知れぬ恐怖に、強く強く抱き合ったまま、身じろぎもせず、そのお庭の葉桜の奥から聞えて来る不思議なマアチに耳をすまして居りました。

神さまは、在る。きっと、いる。私は、それを信じました。妹は、それから三日目に死にました。医者は、首をかしげておりました。あまりに静かに、早く息をひきとったからでございましょう。けれども、私は、そのとき驚かなかった。何もかも神さまの、おぼしめしと信じていました。

いまは、――年とって、もろもろの物慾が出て来て、お恥かしゅうございます。信仰とやらも少し薄らいでまいったのでございましょうか、あの口笛も、ひょっとしたら、父の仕業ではなかったろうかと、なんだかそんな疑いを持つこともございます。学校のおつとめからお帰りになって、隣りのお部屋で、私たちの話を立聞きして、ふびんに思い、厳酷の父としては一世一代の狂言したのではなかろうか、と思うことも、ございますが、まさか、そんなこともないでしょうね。父が在世中なれば、問いただすこともできるのですが、父がなくなって、もう、かれこれ十五年にもなりますものね。いや、やっぱり神さまのお恵みでございましょう。

私は、そう信じて安心しておりたいのでございますけれども、どうも、年とって来ると、物慾が起り、信仰も薄らいでまいって、いけないと存じます。

白紙

立原道造（たちはらみちぞう）

突然が僕を驚かす。僕はそのとき、発見したのだ。ひとりの少女は、埃りにまざって電車にのっていた。朝の空気が僕たちの間を流れる。僕たちは、眼と眼で、そっとうなずきあう。ちょうど知らない人間同士がするように。それから、僕は、何でもない数字を計算する。しかし、僕は自分の苦痛からはみ出そうとするこのたくらみに失敗する。すると僕は、動けなくなる。ぼんやり窓のところを見つめるきりだ。町が、走り去って行く窓のところを。

それが、はじめて出会ったその少女だった。……

だんだん上手になって行く想像、僕の傍でうっとり息をしている、羚羊(れいよう)のようなやわらかい瞳。遠近のある少女の身体。しかし、それは少しも彼女に似なくなる。僕は、四分の一の大きさの彼女をしか知らない。やがて僕は、海の底にいるメクラの魚のように苦しくなり出す。

これが、僕の愛情のきざしだった。

そして、僕は、朝の電車で、彼女に、しばしば出会うのだった。

或る日。僕は、親しい友人に、それを、うちあける。その友人が、秘蔵の写真のような僕のその少女を知りたがりはじめる。一種の怖れで、僕は、得意げな顔をする。それから、僕は、わけもわからず、顔を赤らめる。

友人同士が一しょにうまくやって行くのは、彼等を裏打ちしている苦痛のおかげにすぎないのだ。

僕と、その友人は、電車に乗る。僕たちの向いに、三人の少女が坐る。すると、彼はあわて出す。そして、僕に、そっとささやく。

――その一人は彼の知り合いだと。僕は、わざと知らない顔をさせる。彼の頬に、へんな線が浮ぶ。と、同じような線が、向いの少女の顔にも浮ぶのだ。僕ひとりが、わるくはしゃぎはじめる。向うの会話は何もきこえない。笑ったり眼を閉じたりする動作が僕たちの傍へやって来る。……

僕は、こんな風にして、愛情のなかへ沈んで行った。自分では、その沈んだ深さを測定出来ない。その結果、僕は、自分の愛情を見誤るのだった。

そして、あわてて、彼女に手紙を書く。だが、それをいつまでも彼女に渡せない。僕は、それを、ポケットのなかにそっとしまったのだ、学校の行きかえりに、ポケットが気になる。時間が、その手紙を、感情の汚点(しみ)で古くしてしまう。

うまい機会がやっとやって来る。

それは、午後の坂道だった。僕は、その少女とすれちがった。すれちがう汽車の速力が何も見せないように、僕に何も知らせない。

僕は、急に決心した。そして、彼女に手紙を渡したのだ。彼女は頬をあからめた、坂道をずんずんのぼりながら。僕は、立ったまま、彼女の靴の鳴るのを聞いた。するとかすかな心配がやって来た。……

すぐに彼女の返事が待ちきれなくなる。翌日は雨だった。雨だれの音が、身体のなかに入って来る。幾日もの間、不用だった一切が急に必要になる。僕は、自分をだますために、詩を作る。——

（手紙。……
ひとつの返事が来ると、それに返事したい新しい欲望
水仙のにおい
郵便切手を、しゃれたものに考えはじめる……）

毎日通う学校や、友人が、うるさくなる。僕は、病気のまねをする。
彼女の返事は来ないのだ。
こういうとき、彼女の肖像を想像することは、却って彼女を忘れさせる。それは、待っている時間は、待っていない時間よりも、その待っているものを見えなくするからだ。

僕のなかで、だんだんひとりの少女が逃げて行く。僕には、それを追うことが出来ない。

そうして、毎日。昨日にました苦痛がやって来る。昨日は過去だ。過去は手術しない、僕は、苦痛のなかで、ぼんやりしている。僕が時計の文字板(カドラン)から読むのは、要するに数字にすぎない。僕の期待と無関係な時間なのだ。

或る夕方。僕は、いつかの友人と一しょに、この間の坂道を歩く。僕はわざと陽気そうな笑い声を立てたりする。(それは、一銭銅貨の裏表のように苦痛にすぐ近いものなのだ。)

すると、にせ物の意地わるい天使が遠くからやって来る。僕は、最初、やさしい顔をしてみせる。そのおかげでだんだん僕には今起っていることがわかるのだった。僕は、急に水のような空気を感じ出す。小さな魚や、古靴や、油や、蛾を。傍にいる友人が、不思議そうな眼で、僕の横顔を見つめる。彼には何もわからない。僕は、そうして僕を立ち去る。僕の肋骨や足に躓きながら、彼女から立ち去るようなふりをして。しかしその時、彼女は僕たちとすれちがっていた。……

入梅

久坂葉子(くさかようこ)

わたしは庭に降りて毛虫を探し、竹棒でそれをつきころしていた。それは丁度、若葉が風にゆらいでいきいきとしており、モスの着物が少しあつすぎる入梅前のこと、素足にエナメル草履の古いのをつっかけて庭掃除に余念がなかった。毛虫は、ほんの二坪位の庭より十匹余りも出て来た。石のくつぬぎに行儀よく並べた死骸を又丁寧に一匹ずつ火の中に放りこもうとして紙屑を燃やした。紙屑は、図案のかきつぶしである。めらめらと燃えるたくさんの和紙の中に、毛虫共は完全に命を終えた。その時、私は夫のことを思い出した。戦争に征って四年、とうとうそのシベリヤにたおれてかえらぬ身となってしまったのである。急性肺炎で病死したという報をきいたのは去年の秋であった。

夫は田舎の大地主の一人息子だった。大学を出ると郷里へは帰らないで神戸で事業をはじめた。夫の両親はその頃相次いでなくなり、私はその翌年に結婚したのだった。新婚旅行を兼ねて、夫の郷里へ墓まいりに行ったのは、秋立つ頃で、いろいろの草花がかなしいいろを田舎道にみせていたが、私達はそれさえ気に留めずに幸福感にひたりきっていたのだった。その広大な地所は、終戦後、不在地主とやらでただどられのようにとられ、その後どうなっているのかさえ知らない。避暑用の夏だけの別荘も売り、更に焼けのこった神戸市中の邸も売りはらい、道具もさばき、私は夫の留守を、六つになるたったひとりの男の子行雄と共にどうにか生きて来たのだった。私の実父母も、とうに死んでおり、親類というほどの人もなく私にとってそれは気楽だというもののさびしいに違いなかった。

今は郊外の小さな家を借りて、まだまだ話相手にもならない行雄と、私のおさない時から世話をしてくれていたじいやの作衛と暮しているのだった。彼は暇をやった多くの下女や下男のうち、「奥様のためなら、じいは御月給もいりません」と私達母子の生活のはしくれに加わったのだった。そうして私は、若い娘の頃、習いおぼえた絵ざらさが役立って、テーブルセンターや日傘やネクタイなどをかき生計をたてていた。ところが仕事がだんだん忙しくなり、布の豆汁ひきや仕上げの蒸すことなど厄介な仕事をいちいちひとりでするには追っつかないほど注文が来、戦前ならばこんな事専門の職人がいたけれども今はそんな伝手さえなく、去年の暮、私はまた新しく若い娌をやとったのだった。

図案の反古をやきながら、わたしは現実にたちかえった。そしてこの頃の生活のさびしいうちにどこか創作のたのしさを見出して来たのに、ついまた最近、めんどうなことが起り、それに頭をなやまさねばならない事を思い出した。それは作衛と若い娌のことである。

話はまたむかしに戻るが、作衛は、おはるという妻をもっていた。夫婦して私の幼い頃からずっと面倒をみてくれたのだった。そうして結婚した後も私のために、わずかな月給でもいいから働かせてほしいと云い、軽井沢の別荘番に置いていたのだった。おはるは色が白く、ぽっちゃりとしたひとであったが、長い間、関節炎という脚の病に苦しみ、歩く事も出来ぬ不自由な身だった。作衛はおはるをしんからかわいがっていて、一生懸命、看護につとめていた。厠へ行くにも肩をかし、食事の支度から風呂の世話まで、まるで女房と亭主とさかさまのような状態だったけれども、おはるのため、作衛はいやな顔一つしなかった。おはるは縫物をとてもよくし、私など洗い張りした着物はいちいち軽井沢へ送っておはるに縫ってもらっていた。

ところがそのおはるが終戦の翌年の春、私と作衛にみまもられつつ死んで行ったのだった。持病の関節炎が結核性だったりしたもんで、しまいには脳がおかされ、物が判らなくなり、その死に方は本当にかわいそうなものだった。軽井沢で葬いをすませて三十五日たったけれど作衛はすっかり沈んでしまい、毎日、位牌の前にすわって泣いていた。私はその白髪まじりの作衛の後姿を何度もみた。だんだんやせほそってさびしそうであった。

おはるの初盆がすぎてまもなく、神戸に作衛を連れ帰った私は、邸をうりはらい郊外へ移りすんだのだった。その頃になっても作衛はおはるの事を思いつづけていた。夜など、私と行雄が絵本をひろげてゆめのような話をしあっている所へ来て、作衛はおはるの追憶ばなしをしつこい程するのだった。私はそのたびにその時はまだ生きていると思っていた夫のことを思い出し、私にはまだ待つという希望があることを喜び、作衛の孤独に同情した。作衛には諦めなければどうにも仕様のないことだったから。

ところがその翌年の春に、夫の亡きことを知ったのである。私は作衛に今度は同情される立場だった。私は夫との生活を思い起し感傷に満ちた日を送った。そしてそのあわれな気持、孤独のかなしさを、創作してゆくものにはき出しながら、何んとかかんとか来たのだった。昔、やすく仕入れていた絵ざらさの材料や木綿布が役立って、始めはほそぼそと友達などに頼み、注文をとっていたが、それがだんだんひろまり大きくなったのであった。そして忙しさが増す、私ひとりじゃきりまわされない、で、若い娘をやとったのが、それがまたおはるという少しびっこの娘だった。右の眼は全くみえず不器量な娘だったけれど、口ばかりはいやに達者でつっぱねたものの云い方が妙に魅力でもあった。この娘が今まで作衛の寝起きしていた玄関脇の三畳に入り、作衛は台所横の食事をするところに寝ることとなった。私達母子は夫の写真をかざっている仏間と製作室と寝室をかねた六畳で一日の大かたを送った。そうしているうちに作衛がおはるをかわいがるのが目にたつようになって来た。風呂たきや使走りの他に、おはるの仕事である掃除や洗濯を手伝ったり、朝もはやくから起きて、ごはんのたきつけ、おはる個人の用事までやっているようだった。けれども親子ほども年のちがう作衛とおはるのことであるので私は気はつくものの、作衛もアメリカ式に女に親切しなけりゃいけないと思っているのだろうと苦笑しながら放っておいていた。

がある寒い晩、私が図案かきに夢中になって十一時をすぎた頃、手洗いに行った帰りにふと台所横をみるとそこには作衛の寝床がとってあったが作衛はいない。私は何か嫌な感じを胸に抱いた。すぐに奥の居間へ帰ろうとすると、小さい声の二人の話声がきこえる。おはるの部屋であるが電気はついていない。

「もうすこし右、そう、もうちっと強く、ああいい気持」

おはるの声である。

「ここか、きつういたむのか」

作衛の声である。私はあし音をしのばせて居間へ戻り、風呂敷をかけ低くした電燈の下でほほ杖をついたまま暫くぼんやりしていたが、おはるもおはるだ、じいさんに按摩をさせるなんて、じいさんもじいさんだ、と腹立しくなって来た。私がおはるを呼ぶ毎に、作衛は妻を思い出すより現実のおはるをだんだんその胸の内に意識するようになったのであろうか。そういえば、作衛の動作に、今までみられなかった若さが動きはじめて来たようにも思えた。おんなじ名前、そして脚がやっぱり悪い。私はなんとなく因縁付きのこの姐に、いい気持がしなかったけれど、とにかくよくはたらき、悪いこともしないので雇っているわけだった。やがておやすみを云い交す声がきこえ、作衛の、寝床へ入ると必ず一度するあくびとものびともつかぬのがきこえた。私もまもなく、絵筆を片付けて行雄の隣りに横になった。

そんなことがあってから、私は二人に注意を払うようになった。注意というより、それは意地の悪い眼を光らせるという方があたってたかもしれない。でもその意地悪さの中には、おはるをおもってやる責任感もあったろう。おはるはまだ若い。これから嫁入りせにゃならない。おはるの一身上にうるさいことがおきたとき、私はやはり責任があるのだ。だが若い私が、「お嬢様、お嬢様」と云ってくれていた作衛に注意を与えたり説教したりする事は、ちょっと出来かねた。そしてそのままで春になったのだった。

ある夕方、私は近々個展をひらこうと思って、そのため方々へ頼み事などしに行き、七時頃、行雄をつれてぶらぶら家へ戻った。玄関をあけても誰も出て来ない。作衛は使いにやっているからいない筈だが、おはるは居るのにと思いながら私は他所(よそゆ)行きの草履をしまいこんだ。

「じいや、おはる」

行雄が靴ぬぎで怒鳴った。と障子のあく音がし、同時にいない筈の作衛がおはるといっしょに出て来た。瞬間、私は何とも云えぬ不愉快な気持になった。あの夜、抱いた感じよりも一層その嫌悪感が増していた。はげしい憤りをも感じた。何故だろうか、作衛はお使いが早く済んで家に帰っていた。ただこれだけの事なのに。でも私は私の気持を詮索する余裕さえなかった。二人が関係していると気付いたから憤ったのだろうか、いやそんなことはもう前々からもしやと思っていたから今さら驚くことはない。が私は二人が同時に顔を出したのに、何か強い反発を感じたのだ。作衛のいう使いの報告も碌(ろく)にきかないで一言も云わずに食事をすませた。二人とも何かそわそわしてて口もきかず――いや殊に私の目からそう見えたのかも知れないが、――行雄一人が今日行った知人のところでの御菓子がおいしかったとそればかり云っていた。私は創作もしないで寝床をひくとすぐ横になった。電気を消すとすぐ、傍の行雄は疲れたせいか、すやすやと寝息をたてており、そのかわいい手は私の床の方へと無意識にさしのばしていた。私はそれを見ると急に泣けて来た。そして夫の肉体がありありと胸にうかび、夫のにおいを思い出した。私は行雄の手をにぎると、そっとふとんの中へ入れてやり、反対側をむいて目を閉じた。孤独って何て嫌なものだろう。私はそう思った。そして、作衛とおはるのことも極自然なことのように思えた。そして二人をとがむよりも、自分自身があわれでたまらなかった。未亡人、なんというやな言葉だろう。女がひとりで生きてゆく、なんとかなしいことだろう。私は一晩中、ねむれなかった。枕がびっしょり涙で濡れた。

けれども翌朝になると、私はふたたび二人に対して憤りを感じないではいられなかった。おはるに暇を出そうとも思った。だが個展を前にひかえてこのいそがしいのに、はっきりした理由もなくおはるに暇をやるのは馬鹿げていた。あまりにもそれは感情的であり、それが私の嫉妬ともひがみともつかぬものと気付いた時、暇を出すことを打消してしまった。ところが丁度、その一週間も後のことだったろうか、朝食後、私は、「ドビュッシーの月光に寄せて」という着想でネクタイを書いていた。あの透明な、ガラスのうすい器のような感じを出そうと、絵具をあれこれまぜながらたのしんでいた時、おはるの母親という人が訪ねて来た。はるばる四国からやって来たというその媼（おうな）は、おはるに似て不器量だったけれど、落ちついた物腰で田舎に住む人に珍しく品があるようだった。彼女が私に云うのは、おはるに縁談があり、それがとってもいい条件なので一応おはるを引取らせてほしい、相手は郷里の人だが神戸の船工場につとめている人で、きっと神戸に住むと思うからおいそがしい時は又御手伝いに伺わせて頂きます、ということだった。あまり、とっぴなことで私はだまったまま媼の顔をみていたが、個展のいそがしさが目の前に迫っているのを思い浮べながら、しかし、この機会を失ったら又こちらからきり出しにくくなると思い、おはるに暇を出すことを承知した。おはるはその青年を一度みたことがあるとかで、彼女自身嫌でないらしく嬉しそうに荷物をまとめたりしていた。作衛はその時、丁度遠方へ用足しに出ていた。というのは、私の友人で京都に住む人が、私の製作の材料に南蛮絵ざらさの原色版を貸しましょうかと云って寄越してくれたが、私は送ってもらう暇も惜しく、作衛を朝早く使いに出したのであった。私は作衛のいなかったことを喜んだ。おはるはけろりとしていて、私に最期のおつとめだとか何とか云って、家中をあらためて掃除し、台所の用具をピカピカ光らせたりした。今夜は大阪の親類へ泊るという、おはるとその母親に、私は近所の肉屋へ行雄を走らせ御馳走した。そして祝儀を包み、帯じめの派手になったのを一本、半襟もつけておはるにやった。

「いろいろ御世話になりました。何にもお役にたちませんで。ぼっちゃんお元気で。又神戸へ出ました折にはお訪ねいたします。本当にお名残り惜しいことですが……」

といつもの調子でべらべらしゃべりたてたおはるは玄関で母親と何度も頭をさげた。

「いずれ大きな荷物は田中に取りに寄越しますから」

母親は、もうおはるのはなしがきまったかのようにその夫となるひとを田中と呼び捨てた。私は思わず苦笑しながら行雄と門まで見送った。おはるは作衛の作の字もいわずに行ってしまった。うらうらとあたたかい二時間、私は何かしらほっとした気持で製作にかかったのだった。

その夜帰った作衛、私はおはるのことを告げた時の作衛の顔をはっきり覚えている。作衛は確かにおはるの行為を憤った。

「何故俺に一言云って行かなかったんだ。あんまりだ。あんまりだ」

と作衛はいきりたった。そして作衛は、おはるのこれから先をみてやるといって約束までしたのだと云った。始めは彼に甘えて、疲れるとやれ腰をもめ、脚をさすれといい、作衛はおはるをしんからかわいがって云われた通りにしていたが、そのうちだんだん好くようになったのだと云った。そしておはるも作衛と一生を共にするとまで云ったと付け足した。私はとにかく、「おはるのためにお前はもう黙ってなさい」とこの時はじめて叱った。

「でもあんまりです。一言の挨拶もなしに、行くなんて、わしを何と思っている、わしはおはると……」

作衛の言葉尻を追究することはどうしても私には出来なかった。それは当然わかっていることだった。その夜、作衛がおはるの居た部屋で長い間しょんぼり坐っているのを見た。死んだおはるの位牌の前に坐っていた作衛よりは、やはり年をとっていた。それからまもなく、おはるの荷物をとりに若い青年が自転車に乗って来た。真面目そうない感じの人でおはるにはもったいないとさえ思った。丁度、この時も作衛は居らず無事に青年は帰って行った。

そして一カ月、私は夜もろくに寝ずに出品の製作にはげんだ。昔、夫と一しょにききに行ったコンサートの曲目や、好きな小説を題にしたりして六十点ばかりいろいろこしらえた。幸い、援助して下さる方が二三人いて、布のこと、会場のことなど、すっかり御世話になった。私は「芥川龍之介の秋」という題のセンターが自分では一番気に入った。セピアの中にあいの線を活かしたさびしいものだった。行雄が傍に来て一つのネクタイを指し、これがいいと云ったのは、シューマンの歌曲の中の「うるわしの五月」だった。それは濃いみどりの中にあさいみどりとえんじで木の葉のくずした模様を書いたものだった。夫はシューマンが好きで、私に伴奏を弾かせてよく歌ったりしたものだった。そのピアノも財産税にかわって、とうの昔、お国に差上げたものだったが。

行雄は夫の感覚を多分に受けついでいるようだった。その事が私をよろこばせ、「うるわしの五月」は夫も好きな曲だったし、行雄が大きくなるまでとっておいてあげようと思った。

神戸のとあるギャラリーで展覧会及即売会をしたのは、五月のはじめ、ついこの間のことだった。おかげでのこることなくみんなさばけ、文壇人からもおほめの言葉をいただいたりした。そのいそがしさが終った頃、ひょっくりおはるがあらわれて、兵庫に住んでいることを告げた。作衛は折悪く、その時裏で薪割りをしていた。私は二人がどう云い合いをするかびくびくしながら成行きをみていた。作衛はあれ以来、一時すっかりしょげこんでいたが、最近使いに出すと、帰りには必ずのように飲んで来るようになっていた。どこから飲代が出るのかしらと一時は疑ぐったが、それが死んだおはるの着物などであるとすぐに了解出来た。そして赤くなってふらふらで家までたどりついた作衛は必ずおはるのことを話し、今度会えばころさんばかりのいきおいだったのだ。ところがその日、作衛はおはるを見るとあの時のいきおいはすっかり消えて、何くれ親切に物をたずねたりしているではないか。私は不思議だったけれど喧嘩にならないのがさいわいとほっと安心した。でもそれはその時だけだった。というのは翌日作衛が兵庫のおはるの新家庭を訪問したのである。そのまた翌日おはるが再び家へ来て、私に、それとわかったのだった。思えば作衛は、私の前で口喧嘩したりする事をはばかっていたのだろう。とにかく一大事件が起るにいたった。

おはるがいうには、自分が勝手で洗濯していたところへ作衛がやって来て、どうしても俺のところへ帰って来いといきりたつ。おはるはどうか今日のところは帰ってくれと口をすっぱくして云ったが作衛はさらに亭主に会うという。きょうは夜勤でおそいし、近所の口もうるさいから何とか帰ってくれとたのんだが帰らない。で、おはるは、じゃ明日必ず行くからとてやっとのことで一応納得させたというのであった。その時、作衛は近所へ配給物をとりに行ってて留守だった。どうして作衛に住所がわかったのかときくと私が教えましたという。

「何故云ったの。馬鹿だね、おまえは」

私は、ついぞ口にしたことのない言葉をはいた。黙ってうつむいているおはるをみると、気がいらいらして、しまいには、かなしくなって来た。そこへ作衛が元気よく帰って来たのである。

「奥様、うどんですよ。うどんの配給、まっくろですよ」

作衛は部屋に入って来た。私は黙っていた。おはるは依然としてうつむいたままである。

「おはる」

作衛は怒鳴った。その時にはもう私の手前も何もなかったのだ。皺だらけの額には、名誉や恥などどうでもよいという気持が十分表われていた。私は席をたった。そして庭であそんでいる行雄を隣りの家に遊びにやらせた。そして改めてすわり直した。作衛もそこにすわった。

「おはる」

今度は静かな声で作衛は云った。おはるはだまったまま何も云わない。私はおはるに返事をうながした。と急に喋りたてたのだ。

「奥様、私は申します。ええ申しますとも、このじいさんは一体幾つになるんでしょう。いやらしい、私を追いまわして、ええ、私は人妻なんですよ、ちゃんとした主人があるんですよ。そりゃ奥様、私は今までこのじいさんと何にもなかったとは申しません。ですが、それは済んだことなんです。それをいつまでもいつまでも根に持つなんて、全くいやらしいですよ。ねえ奥様、私はレッキとした人妻なんです。もうじいさんに来ないように誓わして下さい。来てもらったら困ります」

作衛は怒りにふるえて物も云えず唯おはるをにらみつけていた。私はおはるの言葉をきいてこの二人の立場をどう解決しようかと考えるまえに、おはるの生き方を羨んだ。済んだことは済んだことでさらりと水に流してしまって、そこには感傷も後悔も何にもない。私におはるの真似が出来るかしらと思った。作衛はやっと怒りをしずめて、それでもどもりながらおはると云い合いを始めた。それは露骨な、いやな言葉であった。おはるは作衛から私に云いよって来て一しょの屋根の下では反抗出来なかったのだといい、作衛は作衛でおはるが自分に甘えて来たんだといい、二人の云い分はどちらも矛盾しているようであり、きりがつかなかった。私はやっとのことで二人を黙らせ、おはるも悪かったけれど一旦もう嫁いだからには作衛が手をひくべきだ、とそれが私自身の真実の結論ではなくても、一番いい道だと思ってそう云った。とにかくおはるに肩をもって、私が作衛の今後を責任持つから、とりあえず帰れと云った。おはるが帰った後私はさんざん作衛を叱った。自分自身何を云っているのかわからぬくらいカッとしていた。作衛は、わめきながら泣いた。そしておはるを罵り、私をさえも不人情だと罵った。

それから一週間、それが今日である。図案の反古を焼いてしまうとあらためて掃除をし、灰を土の中に埋めた。とその時、木戸のあく音がして庭に入って来たのは、おはる。

何となくしおれている様子。

「おまえどうしたの一体」

挨拶もなく私はいきなりきいた。おはるは涙を一ぱい溜めている。

「奥様、私離縁……」

「えっ、離縁……」

私は瞬間はっとたちすくんだ。あの時、私が責任持ちますと云ったのだ。

「奥様、作衛じいさんが来たんですわ、私の留守の間に来て主人に何かつげ口したのですわ、ええ、そうです」

私はあれから一週間、作衛の動向に、うんと注意していた。そして遠方へは行かさなかった筈である。歩いて行けるところの使いばかりで、作衛も私が見積った時間には、ちゃんと帰って来ていた。でもとにかく、私に責任があることだ。で、

「おまえ、どうする気なの……」

と問うた。おはるの母という人に対して済まないとその時、あの割に品のよい面影を思い浮べた。

「致し方ございません。私はこれからも先、どこぞへ女中にまいります。ですがまた、

作衛じいさんが来るかも知れません。神戸ですと会うかも知れません。私は郷里へは、こんな姿では帰れません、ですから作衛じいさんに何処かへ行ってほしいのです。そうすれば私、又ここへ御厄介になってもよろしいです」

私は、おはるの勝手な云い分に、多少呆れたものの仕方なく承知した。で付け加えて、「うちへは来てもらわなくともよいから早くどこかへ務めなさい」とぶっきら棒に云った。作衛は行雄を連れて、裏山へ薪をひろいに行かせていた。帰らないうちにと、私はおはるをせきたてた。おはるは、ケロッとして、さっさと帰って行った。おはるはもう結婚したことも、離縁になったことも何ともない様子だった。私はそれから一時間、きまって十時頃、御茶をいれることの習慣を忘れて、ぼんやり坐っていた。作衛がかわいそうだったとおもった。作衛は、本当におはるを愛しているのだと思った。その夜、私はとうとう決心して、作衛に故郷にかえれと云った。熊本の田舎、そこは私の先祖の地でもあった。作衛は黙ってかすかにうなずくと立ち上り、荷物などまとめはじめた。私はふと幼い頃、作衛の背に負われて、盆踊りをみに行った事を思い出した。作衛と別れることは悲しかった。辛らかった。御餞別を包んでやると、始めは辞退したが、やっとそのやせた胸におさめた。

「明朝、かえります。おくさま、ぼっちゃま、お達者でおくらし下さい。じいはひとりぼっちで死んでゆきます。故郷だって、誰もいやしません。死水をとってくれる人もおりません。勿論、おはるに会いません。でも奥さま、これだけ申します。おはるが離縁になったのはわしのせいじゃございません、わしはおはるの亭主に会っておりません、本当です、あれが離縁になったのはあれが不具だったからなんです。結婚したって子供もこしらえること出来んのです。じいはそれをとうから知ってたんです」

空がにわかに、くもって、雨がふり出した。梅雨に入ったのだと、私は庭先に眼をやった。作衛の語ったおはるのことなど、もうどうでもよかった。が作衛と別れるのは、私にしてもやはりさびしいことだった。

翌朝、起きてみるともう作衛の姿はみえなかった。「坊ちゃまに」と、たどたどしく書かれた紙きれと共に木で作った船がおいてあった。ゆうべ、よっぴて作りあげたのだろう。ちゃんと帆柱をたて、帆まで張ってあった。その布は、なつかしい作衛の働着だった。さつまの絣の私の長い思い出のものだった。貧しい贈物を喜んだ行雄は、それを小さな手洗鉢の流れで、浮かばせながら遊んでいた。その姿をみながら私は二人っきりの生活が一番いいと思った。行雄と私の間をさくものはない。私はどんなに行雄を愛したっていいのだ。行雄の眼に、ふっと夫をみた。私は行雄を呼んだ。

「お母ちゃま、何」

かけ上って来た行雄を私は縁側にしっかり抱いた。

「何？　痛いよう」

強く抱きしめた両手の中で行雄はどたばたしていた。

作衛は今頃、汽車にのって入歯をかたかたさせながらどんな気持だろうか、だが、そんなことはどうでもよかった。

「そうら、雨よ。御家へ入りましょう」

行雄をかかえて座敷に入った。二三日つづきそうな雨だった。植木が、つやつやした葉をして、その奥から沈丁花（じんちょうげ）の香りが、かすかに流れて来た。

わすれ水

田山花袋(かたい)

一

なにがし学校を卒業したる木崎鐘一(きざきしょういち)は、その年の秋、ようやくさる田舎の尋常中学に教師の口をもとめ、住馴れし都を跡に、遥々(はるばる)と知らぬ旅路の空を眺めぬ。さて来て見れば、元より山間(さんかん)の一市街にはあれど、水は流れ、山は聳(そび)え、青松(せいしょう)は盤回(ばんかい)し、白雲は飛遊し、紅葉(こうよう)の錦を敷きたる如き、尾花(おばな)の人を迎うるが如き一(いつ)として珍らしからぬ気色(けしき)はなきに、今まで塵深く埃黄(き)なる喧(かしま)しき処に安(やす)んじたる我を、自ら悔む心も出でしが、予(あらかじ)め定められたるおのが住居(すまい)に至るに及びて、その動きたる心はさらに一層の驚(おどろき)と喜(よろこび)とを加えざる事能(あた)わざりき。

あわれその家の詩趣に富める、前には舟を浮ぶに足るべき瀞渓(せいけい)の蒼々(そうそう)たるを控え、後(うしろ)

には見渡す限り尾花のみなる大なる高原を帯び、それを隔てて四面は皆山、或は綿帽子を戴きたる嫁君の如きものもあれば、或は禅僧の入定したるかと疑わるるものもあり。或は馬の奔るが如く、或は鬼の怒るが如く、そのさまほとんど名状せられぬばかりいとめずらし。市街はあたかもその前岸に当りたるが、堤上なる柳の影に蔽い尽されて、只わずかに中学校の時計台の高くその上に顕れたるを認め得るのみ。門前には傘を張りたる胡桃の樹、庭には瓢箪の形したる清き池、月形の窓、岩石の位置、いずれも美しき趣を備えて、前の郡長の隠居のわざわざ好みにまかせて作りたりといえるも、げにやと点頭かるるばかりなりき。

鐘一はこの美しき家に住い、この美しき山水に対して、我ながら今までの都の生活の喧しさを忘れ果てたるもののように、日毎に柳陰に舟を待ちて、前岸なる中学校に通い、暇あれば会心の洋詩を読み、面白き空想に耽り、或は近郷の山水を探るなど、憂というものなければ、不快というものもなく、同じ事して同じ日を送るとする間に、紅葉散り、木枯吹き、やがては雪白く風寒く、一年の中最も惨憺たる頃とはなりぬ。されど鐘一はさらにそれを厭うようなる舞振も見せず、独り思い、独り学び、独り書きて、むしろ今の境遇の静寂にして平穏なるを喜び居しが、苦痛というものは、一時も人の身をば離れぬものか、鐘一はその次の日曜日に、ついに云うべからざる一大苦悩に襲われぬ。

この苦悩は今まで山を愛で水を賞したる心とおなじようにて、しかもそれとはまた大(おおい)に異(ことな)りたる処あるものの如し。この情は山水を愛する心とひとしく、極めて美しきものにはあれど、また決してその情の如く穏(おだや)かなるものにもあらねば平(たいら)なるものにもあらず。否、むしろ飽くまで熱し、飽くまで狂し、果ては我の我たるをさえ忘れしむる程の力を有せるものなり。しかも人のその苦悩に逢うや喜んでその唯中(ただなか)に迷い入らんことを願わざるなし。鐘一もまたかくの如くなりき。

その日曜日は、友に誘(いざな)われて近郊の山々を探りに行き。帰途には、労(つか)れ果てたればとて、友の云うがまにまに、その知れりと云えるある裁縫師の家に立り寄りしなりき。この家の主婦(あるじ)というは、年の頃五十に近き老媼(ろうおう)にて、品行の正しきと、裁縫の熟練なるとは、いたく人々の信用を得て、良家(りょうか)の少女を教うること、ほとほと十余名の多きに及べり。あわれその席上にて、鐘一は生(うま)れて始めて、その嬉しく苦しき一種の感情の襲うに逢いぬ。室(しつ)の中央に座りて、一心に針を動かす一人の少女(おとめ)の美しさ、しとやかさ、大人しさ、愛らしさ。鐘一は一目見しのみにて、恍惚として我を忘れぬ。

他(た)の女子共の訳もなきことを喧(かしま)しく囀(さえず)り散らす中に、唯一人言葉もなくて、一心に針を走らすさまのしおらしさと、折々難しき所に逢いて恭しく師匠の前にもち行くさまの大人しさと、梅の蕾の如き小さき口を開く時深く片頬を笑ませたるさまの愛らしさと、その声の鶯の囀る如く玲瓏たると、その立居振舞の女神とも云わるべき程に気高きとは、いたくかれの心を奪いて、鐘一は只々酒に酔いたる人の如く、そこを出でておのれの家に帰り行く途中も、おのれの一室に入りたる後も、思うはそのこと、その人の姿、かの時はしか云いし、かのときはかく云いし、あの時の素振はいかに美しかりしか、いかにしおらしかりしか。それにしてもわれは久しく東京にありながら、未だかの少女のように美しき人に逢いたることはなかりしになど、思えば思うほど、考うれば考うるほど、次第次第にその熱は加わり、その苦悩はまさりて、遂には旧藩士の財産家なる矢貝重雄の愛女ということ、その名は礼子と呼ばるること、年は十七歳ということなど、何処より聞くともなく聞き出して、なお飽足らず、その少女はこの町にても今小町と評判せられて、見る人誰れも心を動かさぬはなしということ、親に孝行にて、その性質のやさしきは、世の常の女子の比にあらずということ、その上学問も人並よりは勝れて出来、琴も免許を得て、その上手なること、聞く人をしてほとほと恍惚たらしむる程なれば、二三年前よりあちこちと縁談を申込むものいと多かれど、かかる娘の親の心になりては、金、学問、容色三拍子揃いたる婿がねならでは、容易に承知をせぬなるべしということまで、聞けば聞く程、いよいよ恋しくいよいよ慕わしく、果ては如何にしてもその姿の見たさに堪えかね、有もせぬ用を拵えて、あくる日またその裁縫の師匠の処へと出かけしが、その何も知らぬ無邪気なる顔、男に見らるるを恥かしがる素振など、この世のものとは思われぬまで美しきに、我ながら眩くて、到底長く此所に留まり居らるべくは思われぬに、そこそこにして、辞して門外に出づれば、その涼しき眼附また簇々と眼前に顕れ来りて、ふたたび逢いたき心地せられし。

　それより二日程経ちて後、学校の帰途、冬枯れたる柳の立てる路の角にて、鐘一は不意にその少女の向うより歩み来れるに逢いぬ。我一歩を進むれば、かれもまた一歩をすすめ、一歩一歩互に近寄る間の心地は、まことにたとえんかたもあらざりき。なお一歩一歩と近づきて、その間の距離は、今やおよそ四五間になりぬ。少女は田舎にめずらしく、美しき絹の衣を着て、髷を高島田に結びたるが、夕日の陰は前なる家の屋上より甲斐絹の蝙蝠傘を透して、黒髪の上に銀簪は閃々としてきらめき渡れり。少女は蝙蝠傘になかばその面をかくしつつ、まさに互に行き過ぎんとする処まで来りしが、それと知りて礼を施さんと思いしにや、蝙蝠傘を傍によせて、羞かし気に、見たるにもあらねば見ぬにもあらぬようなる、極めてあやしき素振してそっと男の方を窺い見ぬ。鐘一もまた、あたかも太陽に向いたる人の眩くてよくは見られぬ如く、ただわずかに白き顔を打ち見やりたるばかりなりき。

二人は礼を施さずして行過ぎぬ。

二

雪は消え、若草は萌え、桜は昨日すでに前山に咲き初めたりと、人々かしましく噂し合えり。この間に鐘一の恋は次第に狂熱の境に進み、ますます理想の果にまよい、ここに来りたる当時のごとく、平穏なる生活は、最早影だに留めずなりて仮令一秒時の間なりとも、その恋しき人を思わぬことなく、それを思えばいよいよ苦悩の度を強むる訳ぞと、心の底にては十分知りて居りながらも、それを思わぬことはいかにしても出来ず、思えばまたいろいろなる妄想雲の如く起り霧の如く集りて、容易にそれを留めんこと難し。あわれやさしき性質といえばもしかの少女のわれの妻となりたる時は、いかに美しき心を捧げて、われの不幸を慰めてくるることか。いかに美しき言葉をもって、われの失望を恢復せしめてくるることか。かつわれは詩人たる身の、世のつねの人の夢にも見ざる美しき境を知りて居れば、かれもまた他の少女らよりは、いかばかりの幸福と安寧とを享け得ることか。それにしてもわが願は果して実行せらるべきかと、しばし思いを止めしが、もしその願の実行せられて、共に棲むようになりたらば、その時のうれしさは、果して如何なるべきか。恋とはつまらぬ者、一種の熱病の如き者、その証拠には時さえ経てば、何の苦もなく忘れてしまうにはあらずやと、多くの人は一言の下に斥くれど、我の恋は決してさるはかなきものにはあらず。否々恋という者は、さるつまらなきさる冷なるものにはあらじ。

世の中の広き、或はさる冷やかなる思想を持ちて居るものも有るやも知らねど、我はいかでか女神の立像の如く、尊く美しきかの人を、さる冷やかなる眼を以て見ることを得べき。それにしても恋し恋し恋し。出来るならば少女をまもる親というも無くてあれ。この世の中に道徳というもの無くてあれ。さすればわれは直にその傍に行きて、手を握りて、接吻して、この燃ゆるが如き心を残る所なく打明くることを得べきものを。もしその時は、かの少女は果していかなる顔色をかなすべき。羞かしがるべきか、はたまた怒りて却くべきか。恐くは顔に美しき紅葉を散らし、穴あらば入りたきようなる可愛らしき素振をなすに相違なかるべし。我は春風（しゅんぷう）の私語（ささやき）の如く、可愛ゆき君かなとかすかにいいて、今一度接吻して、そのように羞かしがり給うには及ばじ御身はおのれの妻なるものをと、かき抱きて、自由におのれの家に伴い来る（きた）を得べきものを。その父母（ちちはは）というものあるがため、その道徳というものあるがため、純潔なる恋は、如何にさまたげらるることか知れず。否それあるがためにおのれはかく迄思う心の一分（いちぶん）だにかの少女（おとめ）に知らすることの出来ぬにあらずや。

　あたかも弦をはなれたる矢の如く、想像はいよいよ妄想の方（かた）へと進み行けり。この世の初め、アダムとイブと唯二人なりし時の如くならんには、われらはいかに楽しかるべきにと思いかけて、かれは聳然（しょうぜん）として頭（かしら）を擡（あ）げぬ。窓前（そうぜん）には一株（いっしゅ）の柳一（ひと）もとの花ありて、互にその盛りの色を交（かわ）したるが、今しもおぼろげなる太陽の光は、そのみだれたる影を、いと面白く窓の半面に印（いん）したり。鐘一は急（にわか）にわれにかえりて、半（なかば）開きたる窓より、それとなく戸外を見ぬ。霞は薄く遠山をこめて、糸遊（いとゆう）の遊べるさまも明（あきら）かに見ゆるばかりいと長閑（のどか）なる日なり。鐘一はいよいよわれに返りしが、ふとこの妄想に入らぬ前に我は何をして居たりしかと傍（かたえ）を見れば、一巻ハイネの詩集の開かれたるまま、そこに残りてあるを認めぬ。さてはわれはハイネの恋の諸作を読みて、我知らずその空想の境に入りたりしかと、手に取りてなお一二首よみ行きしが、読めば読む程いずれも我身の上を歌われたるように思われて、いよいよ恋しさのまさるのみなるに、かくては詮なしと筆を抛ちて立ち、庭に駒下駄のありたるを幸い、いずこへとの目的もなく、ふいとわが家の門を出でぬ。

板橋を渡りて、堤の柳の下に出で、見るともなく見ぬでもなしと云うさまにて、渡舟の人を載せては来り、載せては来りするさまを見てありしが、思い返したりというにもあらず思い返して、また真直に堤上を一町程行けば、そこに右に曲るべき路ありて、角に大なる桜、今をさかりにみだれ開けり。されど鐘一は同じく無意識にてその花の下をも過ぎ、なお歩行く心頭に、俄かに思い出せしは、今読みしハイネの詩集か、それともまた東京に居る頃よみし他の作かは、明に覚えて居らざれど、とにかくに片恋を歌いたるある詩の事なり。その詩の意は、忍ばねばならず、忍ばねばならず、我はいかでかかの尊く立派なる人にこのようなるおのが心を打明くることを得べき。かつたといいかに忍びて居たりとて、運だにあらば、共に棲むようにならぬにも限らぬものを。忍ばねばならず、忍ばねばならずというように覚えたりしが、われの恋も忍ばねばならぬか。かく迄思える心を一言だに言わずに、機会の来るを待たねばならぬか。されどももしその機会の遂に来らぬ暁には如何にすべき。この殷雷の如き心を持ちながら、虫ほどの声をも挙げずして、終ってしまわねばならざるか。かく思いかけしかれの心には、ほとほと云うべからざる悲哀潮の如く集り来りぬ。折しも不意に鎮守の森の方に当りて、神楽の太鼓の音の起るを聞きしが、それよそれよと鐘一は気を取直して、今日は鎮守の祭礼の筈、かかることを思わんよりは、行きて見ばやと歩み出しぬ。

春の祭ほど長閑なものはあらじ。棚引きわたれる霞を貫きて、二流の旗大空に翻り、その傍には二三株のしだれ桜いと美しく咲乱れ、道の両側には太白餅どれでも一銭、櫛の安売、亀子焼、吹矢などと人の往来片時も絶えず、杉むらの奥には、笛、太鼓、鐘の音面白く聞えわたりて、大大神楽は今しも佳境に入りたりと覚し。鐘一は群集を分け、磴級をのぼりて、神楽殿の前に至れば、人は山を作りて、その喧しきこと云わん方なし。かの矢貝家の娘お礼も、一人の下婢を伴いて、今しも、この神楽を見てありしが、ふと新らしき中学校の教師の我を去ること遠くもあらぬ処に来りて居るを知るや否、羞しきようなる素振して、傍なる丈高き老漢の蔭に身を隠しぬ。

やがて神楽一番終を告ぐれば、どやどやと少しく群集の動くにつれて、お礼はここを出でんとして、ゆくりなく鐘一と眼を合せ、この前にも為したるように極めてあやしき様子を為(な)せしが、極(きま)り悪気に、いと微かなる会釈を施しぬ。鐘一もはっと思いてまごつきながら、狼狽(あわ)てて礼を返すとする間に、またどやどやと群集は動きて、そのなつかしき姿は何処(いずこ)に行きしか、見えずなりぬ。

されど先方より会釈を施したりということは、いたくかれの心を喜ばしめたるに相違なかりき。

三

二人の通える路は、あたかも互に相接(あいせつ)したれば、その行き帰りには、折々面(おもて)を合することありて、その度毎、鐘一は頭より水を浴せられたるように、ぞっとうれしき心地するを常としたるが、次第に熱は烈(はげ)しくなりて、今ははや我ながらわが身の置所(おきどころ)に困り果つるばかりになりぬ。殊に最も多くかれの心を悩ましたるは、わが一身の未だかの少女(おとめ)を娶(めと)るにはあまりに資格なしということなり。かの少女(おとめ)は名高き財産家の愛娘にて、容姿はこの町にも二人となしとまでたたえられたるに引(ひき)かえて、おのれは東京にてさえ思うままなる生活を送ることも出来ず、遥々(はるばる)とこの田舎に落魄(らくはく)して来りたる一書生の身、殊にこの行末とても不幸多く薄命多き詩人となるべきわが身なれば、到底金銀を蓄え、衣食をかざり、門戸を張るようなる贅沢をなすこと能わざるべく、従いてわが妻となるべき少女は倶にこの間の艱難を嘗め、夏は竈の前に汗を流し、冬は美しき手に皹のいたわしさを決して免るる能わざるべし。あわれかの少女に、われはこれをなさしむるに忍ぶべきか、あのように幸福に、あのように憂を知らぬかの少女に、さる艱難を嘗めさするに忍ぶべきか。

　何故に我は今少し財産ある家に生れては来らざりしか、何故に今までのうちに今少し立派なる名誉というものを取らざりしか。せめて名誉だにあらば、財産はなくとも、われはかの少女をおのが妻になすことを得べかりしものを。今はその財産も名誉も、一つとして備りたる所なきわが身をいかにかすべきと、思いつめては俄に悲しく、玉の如き涙はほろほろとその両頰をつたいて落ちぬ。されど恋というものは、決してさる貴賤の区別によりて起るものにあらず。恋とはと、孤城落日の中にあたかも遠き援兵の旗幟を見たる如く、急ぎて其方へおのが思想を走らせ去れり。恋とはさるものにあらず、さる汚れたるものにあらず否々この心だにあらば、この清き恋したる心だにあらば、我はかの少女を恋うるにおいて、何の疚しきところかあらん。金銭とは何ぞ、資格とは何ぞ、これ皆この現世を組立つるための儚(はか)なき器械たるに過ぎざるにはあらずや。それにしてもわれはいかにもして、この燃ゆるが如き心を、かの少女(おとめ)に打明けたきものなるがと、しばしためらいて、されどわれは到底うち明くること能わざるべし、かの憂(うれい)の何者たるをも知らぬ無邪気なる顔を見れば、われは唯美しき女神の像(すがた)に対したる時の如く、一種の尊さを覚ゆるものを、かく汚れたるわが心を語り出でて、玉の如く円満なるこの恋を打破りてしまうに忍ぶべき、忍ばざるべからず忍ばざるべからずと、またも心中に絶叫したり。それにしてもこの頃は逢う度毎、いつも礼を施さぬ事はなきようになりたるが、そは果して他の人に対すると同じき心にて、われにも礼を施せるか、或はわが思う如く、かれもいたくわれを思うて居るにはあらざるか。

　こう思いかけて、その疑(うたがい)を決しがたく、今まで逢いたる時の素振、顔色などを残りなくおのが心に画(えが)き出さんとせしが、ふと二日前(ふつかぜん)の朝、わが家近き境のほとりにて、思いもかけずかの少女(おとめ)に逢いたることを思い出しぬ。その朝は常よりも濃き霞一面に堤上の柳を罩(こ)めて、面白き前山(ぜんざん)の頭尖(とうせん)のみ宛然(えんぜん)画の如くその上に顕れ、水の流るる音、野碓(のうす)のひびく音、前岸の花の影、後林(こうりん)の鶯の声など、そぞろに春の暁の景色の面白きに、我ながらつい浮されて、それとなく門(かど)を出で、堤を西に二町ほど辿れば、やがて川の少しく弯曲したる所に出でぬ。このところは花最も多く、柳最も青く、水は盛に前山の大石に砕けて、激怒憤越するさま、いと面白く見え渡れり。おのれは常にここをこの上なく好みたる身の、そのままに川原に下り、奇麗なる大石に腰をかけ、しばらくは茫然とあたりの風景に見惚れてありしが、霞の少しく薄らぎたる間より、ゆくりなく少女の紅なる衣の裾のちらちらと風に翻りて動くを見とめぬ。近所の娘などの散歩に来りしかと、初めは心にも止めざりしが、何となくその物越の似たるように思われたれば、立ち止りて、その傍へと近づきたる折しもあれ、振返りたるは、そのなつかしき少女なり。己れはいたく驚きかつあわてたれど、なおいつもの如く礼をなせしに、少女もまたいと羞かし気に会釈して、歩を上流の方へ進め、遂に爛漫たる花蔭に姿を隠しぬ。あわれかの少女は、何故にこの暁に、わざわざ川を渡りて、我が家近く逍遥えるにか。もしや我とおなじき心を持ちて、苦しみて居たるにはあらざるか。否々さにはあらじ、さにはあらじ、只この暁のあまりに長閑なるに、我知らず家を出でて来りたるに相違なし。川を渡りてわが家の前を過ぎしは、その面白き川原の風景を見んためなるに相違なし。いかでかかの無邪気なる心の底に、さる苦悩のひそみて居ることのあるべき。かの少女は只玉の如く玲瓏たる心を持ちて居れるに相違なきものを。我ながらあまりなる空想を逞ましゅうせしものかなと思い返せば、眼前には紫雲靉靆として棚引き渡り、金環幾個となく顕れ出でて、中に端座せるその少女の美しさ。あわれこの世のものにはあらじ。

四

この上は只機会の来るを待つのみなり。機会だに来らば、この燃ゆるが如きわが心も、おのずから打明くる事を得べけれど、今はとてもそのようなる羞知らぬ行為をなすこと能わじ。否進んで打明くる事能わざるは、未だその熱情の極点に達せざる故なりと人は言うやも知らざれど、我は少くとも恋愛の美しさを知りたる身如何でか世の常なる汚き手段などを用いて、その現実の恋の成就をば望むべき。機会、只機会だにあらばと思いつつ、またいたずらに七日ばかりを経ぬ。

されど機会は来らず。

また七日ばかりを経て、花は早や散際近くなりぬ。

されど機会は来らず。

否、その四月の十日に、待ちに待ちたる機会は遂に来らずして、都より来たる母の手紙には、兄の急病なる事を報じ、都合の出来次第、至急帰京すべき由を言いて来りぬ。

この兄と言えるは、さる官省に奉職して、一人の老母と幼き弟とを、いと穏(おだや)かに養い居れるのみならず、鐘一が学校に入りて文学などと云える不生産の学問を修むるを得たるも、卒業後なお書生の生活を送りて居ることを得たるも、皆この力づよき兄あるがためなれば、この兄にしてもしもの事などあらんには、木崎家の責任は、大浪の寄するが如く、皆この鐘一に集りて、如何ばかりの憂目(うきめ)を見るやもはかられねば、鐘一は驚く事一方ならず、直(ただち)に校長の家に走りて、数日間の暇(いとま)を乞い、何かと明日(あす)出立の準備を整え始めしが、恋しき人の事は、生憎(あいにく)にも絶えずその心頭に往来して、限りなき悲哀を覚ゆるこそ詮(せん)なけれ。あわれ待ちたる機会は来らずして、われは却(かえ)ってこの恋しき人にも別れねばならぬか、勿論病気の平癒次第、再びこの地へ帰り来るには相違なけれど、とにかくに暫くなりとも、遠く別れてあらんこと、如何にしても悲しき事なりと、整えかけし準備をも余所(よそ)にして、なおいろいろと思煩(おもいわずら)いしが、もしやわれは最早この地に来(きた)ること能わぬ様になるにはあらぬかと、それとなく思出(おもい)しぬ。かく思付くや否、鐘一は我知らずぞっとして戦慄したり。もしそのようになりたらば、かくまで恋しく、かくまでなつかしく思いながら、唯の一言だにわが心を打明くること能わざるべく、かの少女(おとめ)もまた、かくまで恋える恋人の、この世の中にありとも知らずに、このまま一生を送りてしまうに相違なし。

さすればこは単にわが一身に関(かかわ)りたる事にもあらずと、いたく狂したるさまにて身を起し、語らねばならず、語らねばならずと、旋風の回転する如く思立ちたるが、今ははや平生(へいぜい)の嗜(たしな)み深き心をも忘れ果てたるなるべし。そのまま戸外に走り出でぬ。

戸外には烟(けむり)の如き春雨ふりつづきて、前山の姿も楊柳(ようりゅう)の影も、悉(ことごと)く茫々(ぼうぼう)たる山霧(さんむ)の中(うち)に没し尽されぬ。今はあたかも少女(おとめ)の帰り来る時刻なるを知れる身の、ほとほと夢中にて、鐘一は急ぎて川を渡り、堤を下(くだ)り、市街の深泥(しんでい)をも物の数ともせず、ようやくそのいつもの路の角まで来ぬ。鐘一はいたく熱して、今は我の我たるをさえ忘れ果て、その少女(おとめ)の姿だに見えなば、一散にかけ寄りて、藻掻(もが)くをもかまわず、かき抱きて、わがこの心を残る所なく打ち明けんと思いつつ、その角の柳の陰に佇立(たたず)みて、今や見ゆる、今や見ゆると、待てども待てども、来(きた)るは只子供の跣足(はだし)になりて、学校より雨を衝きつつかえり来れるのみ。その影さえも見えざるに、失望すること一方(かた)ならず、如何にせんかと思いしが、まずとにかくにその裁縫師の家に行きて見ばやと、思い定めて、行きて見れば、今日は休みか、家の中(うち)ひっそりとして、話声だに聞えぬに、いよいよ失望落胆したれど、なお燃ゆる心を抑え得ずして、此度は市街の西はずれなる、その矢貝家の門前へと志しぬ。
泥濘深き市街の大通りを右に貫き、糸の如くなる雨に衣を濡し、細く狭き路をしばしが程行けば、眼界はいつか開けて、柳、桜など次第次第に多くなりぬ。なお行くと一町ばかり、丘陵の連れる間をだらだらと下れば、桜の花ますます多くなりて雨にみだるる落花の美しさ、まことに屏風の唐絵を見たるが如し。その花をへだてて黒き長き塀あり。こはかの恋しき少女の家なり。鐘一はいよいよ足を早めて、その家近く来りしが、その裏門のあたりにて、ふと耳を貫きたるは、いと妙なる琴の音なり。

　こはかの少女のつれづれなるままに弾づるものぞと思える時、かれの肉はいたく戦慄するを覚えたり。それと共に、眼の前には、琴に向いて一心に爪を走らす恍惚としたる美しき少女の、幻の如く顕るるを見ぬ。琴の音は或は高く、或は低く、或は霞の棚引くが如く、或は夢を添う春風の如く、次第に佳境に進みて、その面白きこと言わん方なし。鐘一はこのあたりの美しき景と、この面白き物の音とに撲れて、もはや少女に逢いてわが心を打ち明けんという烈しき熱情も、明日東京に帰らねばならぬという悲しき思想も、何処へか失い果て、只々恍惚として、夢中に逍遥える人の如くなりぬ。

　風は桜の梢を渡りて、花の散ること雪の如し。花片は飛んで邸中に落ち、泥濘に落ち、おのれの傘の上にみだれ落ちぬ。ことに一帯の黒塀に粘着したるぬれたる白き花片の美しさ！

鐘一は唯一心に、この琴の音を聞きて居たりしが、急に我に返りて、我のここに来りしは、この心を打ち明けんためにはあらざりしかと、俄然として思い出しぬ。されどこの時のかれの心は、もはや家を出でし時の心にてはあらざりき。烈しき熱は今覚めて、跡には悲しき涙のみぞ溢れたる。我は、我はと悲しさに堪えぬさまにて、われは到底打明くる事能わざるべし。我の恋は、われの恋は、決してさる汚れたるものにはあらねばと、奮ってその心中に絶叫したり。機会、機会だにあらば、われはいかに嬉しきか知れぬものを。あわれこれも皆はかなき運命の致す所か、されどこは我のみにはあらじ。古来幾多の英雄、幾多の美人も、この運命というもののために、如何に涙を揮いたるか知れぬものをと思懸けしが、堪えかねたる涙は、霰のごとく両頬を伝いて落ちぬ。春雨にぬれたる袂は、溢れ出づる涙によりて、いよいよますます湿おされぬ。

　琴の音は聞えずなりぬ。雨は少しく小降りになりたり。鐘一は涙ながら踵を返して、一二間ほど歩みしが、されどまたと、不意に足をとどめて、されどもしやかの少女も、我のかく烈しく思う如く、われを恋うて居るにはあらざるか、我を恋うて居ながらも、われのかく抑えて居るとおなじき美しき精神のあるがために、それを打ち明くる事能わざるにはあらざるか。もしもそれならばと思い出づるや否(いな)、烈しき熱はまた起りて、再び踵(くびす)を少女(おとめ)の家の方(かた)へ戻さんとしぬ。されどしばらくして、かれは否々と、いと悲しげに絶叫したり。涙はいよいよ溢れ出でて、かれの袂(たもと)はますます湿(うるお)しつくされぬ。折しも風は桜の梢をわたりて、ぬれたる花片を、また一しきりばらばらと、少女(おとめ)の家の黒塀の上に吹き付けたり。

鐘一は遂に帰途に就きぬ。

夕暮より雨は晴れて、空には唯おぼろ気なる霞を止(とど)めたるのみ。雲は一点だにあらずなりぬ。九時頃になれば、月さえ堤上の柳の間に懸(かか)り始めて、余光(よこう)は門前なる胡桃(くるみ)の影を、いと大きく地上に印(いん)しぬ。鐘一は胸に限りなき苦悶あれど、ここにあるも此宵(こよい)限りと思えば、庭下駄を突(つっ)かけて、まさにおのれの門を、堤の方(かた)に出でんとしぬ。おりしもあれ、胡桃の樹の陰の中(うち)より、一箇の黒き影の俄かに動き出でて、柴の垣に添いつつ、急ぎて柳影深処(りゅうえいしんしょ)に没し行くを見ぬ。

女なりしか、男なりしか、よくは分(わか)らず。

柳の影、柴垣の影、花の影、水の静かに流るる音、蛙(かわず)のかすかに鳴き渡る声、春の夜(よ)

は茫々淡々として、さながら一片の夢の如し。

夜はいつか更けぬ。

あくる朝、鐘一は腕車を飛して、六里程へだたりたるなにがし停車場に赴きぬ。

五

帰京後間もなく、力にしたる兄の死したるため、鐘一は再びそのなつかしき田舎に赴任すること能わずなりぬ。否それのみか、重き係累は、あたかも大波のよするが如く、今しもその身の上に集り来りたれば、もはや一刻も自由といえる境遇に逍遥すること能わぬ身の、詮方なくて職業を文筆の社会にもとめ、おのれの気に合う合わぬの差別なく、日毎に筆を取り、紙を展べて、池の中に漂える浮草の、昨日は西、今日は東と、いとはかなき生活を送り、恋という事も、無情という事も、詩興という事も、一切悉く抛擲して、只々一家を支うるにのみ心を労し、折々は思い出すことありても、ゆっくりと考うる暇だになく、紅塵の中に起臥すること一二年、我ながらいつの間に、かくまで感情の鈍き人間とはなりたるかと、自ら驚くばかりなりしが、その五年目、即ち鐘一の三十一歳の夏、浮世の交際というもの、老母の孝養というもの、その他さまざまなる事情の為に迫られて、ある女をある人の世話してくれたるまま、進まぬながらも、おのれの妻に娶りたりき。

あわれこれより幾年の間、鐘一は浮世の波の只中(ただなか)に漂わされて、如何なる艱難と如何なる苦痛とを嘗めたりしか、はたまた一家五口(いっかごこう)を一枝(し)の筆に支え行くことの、如何に困難なるかを知りたりしか。

されど名誉心などいうものも、今は大方消磨し尽し、美的詩興を起すこともいとまれまれに、いたずらに一月(つき)と暮(くら)し、一年と過ぎ行き、弟もやがて一家を持ち、老母も天寿を全うして終り、嬉しやようやく少しく係累を免るるしようになりたれど、これよりおのが本領なる、まことの詩の外は書かじ、作らじと思う折しも、妻はその夫の意久地(いくじ)なくして、到底身を立て、家を起す望みなしと思いしか、頻(しき)りに離縁を乞いて止(や)まず。

去りたしと思わば去れ、意久地なしと思わば見捨てよ。われは到底この世に勝(かち)を制すべきものにはあらねばと、奮いて絶叫したる鐘一の心には、如何に悲しき涙のあふれたりしか、はたまた如何に悲しき心を以て、その昔の青雲(せいうん)の志(こころざし)と、初恋の情とを思いやりたりしか。

妻には云うがままに縁を切りてやりぬ。元より情愛うすき間柄に、子というものもあらざりしかば、今ははや一家をなしてこの泳ぎがたき浮世の波に漂うには及ばじ。自由、自由ほど人間には楽しきものもなければ、嬉しきものもなしと、家財残らず売り払い、飄然（ひょうぜん）として四方漫遊（しほうまんゆう）のみちに登らんとせり。

それにしても恋しきはその地、なつかしきはその美しき山水なり。はかなき業（わざ）なれど、行きて見ばやと思いつつ、指を折りて、その地に別れたる以来の年をかぞえて見れば、月日とはかくまでも早きものか。そはすでに二十年の昔になりぬ。

六

汽車の便をもからず、人力車の安きをももとめず、一弊簑（へいさい）一破笠（はりゅう）、雨に臥（ふ）し、露にやどり、山を越え、川を渡りて、ようやくそのなつかしき旧知識の山の頭尖（とうせん）を、わずかに雲間に認めたるは、家を出でてよりおよそ十日程すぎたる後の事なりしかば、なお行き行きて、十月の末つかた、暮秋の風のそよそよと尾花の末を吹き渡る頃、遂にその里より一里程手前なる、ある村の一端まで来りぬ。

山の姿、水の容(かたち)、更に昔のさまに変(かわ)らず。繰車(いとぐるま)のひびき、野碓(のうす)の音、昨日のようにも思わるるものを、我はかくまでも老いたるかと、つくづくも無情迅速を心に感じ、歩む足も自らおくれがちなるうしろより、がらがらと勢よく走らせ来る一輛(りょう)の人力車、のれるは二十二三歳の若者なるに、何となくわが二十年前(ねんぜん)の姿にはあらずやというように思われ、つづきてはその時のこと、幻灯を見るが如く、一々朧(おぼ)ろげに眼前に顕れ出で、それと共に、世に何事をもなし得ずして、かくの如く飄零(ひょうれい)したる我身を責むる心も起り、もしやその昔の教師を今も知れるものありて、声をかけらるるようなることはありはせぬか、或はそれを知りながら、声をも掛(か)けず、冷眼に見下さるるようなることはありはせぬか。それを思えば、我ながら何故にはるばると求めてこの地に来りしかと口惜(くちお)しく、いっそこれより引き返さんかとも思いしが、なお一種なつかしというようなる念ありて、足はかえりて前に進みぬ。やがて小さき山を越ゆれば、そこには一道(どう)の清泉の潺々(せんせん)として石罅(せきか)より湧出(ゆうしゅつ)せるを見ぬ。こは日蔭(ひかげ)の清水と云いて、我は幾度(いくたび)掬(むす)びしか知れぬものをと、見るもの聞くもの、一として昔の追懐を惹起(ひきおこ)す種とならぬはなく、惹き起しては足をとどめ、心を動かし、果ては涙をさえに催おしつつ、太陽の少しく傾きかけんとする頃、ようやくにしてそのなつかしき市街に着きぬ。

依然たる川に添い、依然たる山を仰ぎ、一種羞恥の念と恐怖の情とを抱きながら、覚束なくも市街を劃（かぎ）れる一板橋を渡れば、団子売る店、鍛冶屋の花火を散（ちら）すひびき、桶屋の箍（たが）を打つ音、つづきて古着屋、呉服屋など軒を並べ店を連ねて、廿年前（にじゅうねんぜん）の昔にいたく変りたる所なし。なおゆけば、裁縫の包みを小脇に抱きながら、二三の少女（おとめ）の何か喋々（ちょうちょう）と語り合いつつ帰り来れるに逢いぬ。かの時はわが恋しき人も、いまだあれ位の年頃にてありたるものをと、その後姿を長く見送り、また歩み出（いだ）して、次第に賑わしき処に至れば、久しき年月（としつき）を経たる事とて、また多少の変遷のなきにもあらず。その頃は無かりし電信は設けられ、郡役所は新築せられ、養蚕は至る所に行われて、市街はすべて昔より繁盛（はんせい）の景況を呈したり。

道々顔を知りたる人に逢う事も少なからねど、蓑を着け笠をかぶりたるこのあわれなる一旅客を、昔の中学校の教師とは誰も思付く人あらぬなるべし。一人として言葉をかくるものもなきに、いくらかは心を安んじつつ、道の傍（かたえ）なる琴平（ことひら）の祠（やしろ）に詣で、それより裏道に出でて、なお少し行きたる所は、よくかの人に邂逅（かいこう）したるそのなつかしき四辻なり。角の柳はいと大きくなりて、繁りたる枝は、ほとんど路の半ばを蔽（おお）うかと思わるるばかりなりき。なつかしければその影に立よりて、かの雨の日の事など思い、うたた涙のあふれ来るに堪えざりしが、やがてまたここを去りて、中学校の繁盛なる様子を見、そこより右に折れて、かの裁縫師の住みたる方（かた）へと志しぬ。来て見れば、かの老媼（ろうおう）も、数年前（すうねんぜん）に身没（みまか）りたるものとおぼしく、門（かど）には異りたる表札の、すでに古くなりたるを認めぬ。それより右に左に、細く闇（くら）き路即ちかの雨の日に泥濘を侵して歩み行きたる小路をつたい、その桜の花のいと多き処へと志して、やがてその前へ至りたるが、鐘一はこのあたりの変りたるを見て、いたく驚かざること能わざりき。丘陵は大方平（たいら）かにせられ、桜の林は悉（ことごと）く切り倒され、その跡には人家櫛の如く建て連ねられたるのみか、矢貝家（やがいけ）の大（おおい）なる建物すら、影も形も見えざるに、いかにせし事かと、傍（かたえ）なる人に問わんとしたれど、素生（すじょう）を見破らるる恐れあれば、滅多に口を聞く事をなさず、そのまま少しく人家の開けたる処にゆき、折しも畑に耕せる老農の更にわれに一面識なきをよく見定めて、傍（かたえ）によりて、丁寧にその矢貝家の事を尋ぬれば、老農は鍬（くわ）をとどめて、腰を伸しながら、じろじろとわが方（かた）を見て、その大旦那の十年程前に亡られたる事、それより一人息子のあまり怜悧ならぬため、山師（やまし）にだまされて、流石の財産家も散々（ちりぢり）になりてしまいたる事などを始めとして、その家の売物に出でたる時の景況に至るまで、いと詳しく語り聞かする言葉の隙をうかがい、娘のありたる筈なるが、いかにせしやと思い切って問出（といいだ）せば、あああの娘、あの美しき娘かと、老農もいたく慨嘆に堪えぬさまなり。あの娘は大旦那の居らるる頃、郡長の次男を、嫌と云わるるを無理に養子にして、この古町に別家させたるが、その養子というは、根が書生上りの生意気ものなれば、大旦那の居らるる内こそ神妙にもして居たれ、没くなられると、間もなく、芸者狂いを始め出し、随分少なからぬ財産を使い捨て、その揚句に、この頃はまた若く美しき妾を、わざわざ東京より呼びよせて、奥方はまるでそっち除けにされて居るとの噂なるが、あの奥方も、随分不幸福の人なりという。鐘一はかくと聞きて、心を動かす事一方ならず、さてはかの人も、おのれと同じく、さる不幸なる運命を味い給いたるか。まことに人生と云うものは、はかなきもの、寂しきものと慨嘆して、老農に別れ、教えられたるまま、直に古町の矢貝の養子の家へと急ぎぬ。

来て見れば、二階作りのちょっと瀟洒したる家構、周囲には建仁寺垣を取回し、冠木門には矢貝定雄という新らしき大なる表札をかけたり。その人の声や聞ゆる、その人の姿や見ゆると、暫く立ちてうかがいたれど、更にそのようなる気勢もなし。なお耳を聳てて居る折しも、ふと玄関の戸開きて、喋々と莫連らしき女の厭なる声聞えぬ。驚きてその方を見れば、まだ二十前後と覚しき芸者らしき美しき女、玄関を出でて直に庭の繁みにその姿をかくしぬ。これが妾かと思えば悲しく、なおしばらくその様子をうかがいたれど、それより外には、女らしきものの声さえ聞えぬに、もしや一室に押しこめられて居給うにはあらぬかと、俄かに堪えがたきまで悲しくなり、心中に泣きながら、川原の弯回したる所に行きぬ。

昔よく腰を掛けたる同じき石に腰をかけしが、いろいろさまざまなる事は、夢のごとく幻の如く、今しもその心頭を衝きて起来れり。悲しきはこの世、情なきはこの世、はかなきはこの世なり。かの人もかの時は、あのように美しくて、この川原あたりをそぞろあるきしたまいしものを、無邪気なるあの顔、愛らしきかの姿は、決してこの世の中に、さる悲しきことあらんとは、思いかけ給わざりしものなるべきを。今はいかに、あわれ今はいかに。かく思いかけて、頭をあげてあたりを見ぬ。前岸には堤上の柳をへだてて、わが住いたる家の依然として存在せるあり。少し右の方には、鬱蒼たる林ありて、そはかの神楽を見たる鎮守の森なり。鐘一はほとと忍ぶべからざる感慨に打たれて、自ら涙の落つるを知らず。夕日は今まさに山の端の松の蔭に沈まんとしたるが、その最後の余光を放ちて、まず初めに高原の尾花と堤上の枯柳とを斜めにてらし、次に前川の閃々たる波に砕け、次に石上なるその旅客の顔にいとさびしく照りわたれり。そよそよと岸頭の蘆荻を吹き渡る川風、殷々と深碧なる空底にひびき入る晩鐘など、くれ行く秋の悲しき事云わん方なし。折しも水鳥一羽ばたばたと蘆荻の中を飛び出して、西山の夕照の色を掠めたりしが、やがて何処ともなく姿をかくしぬ。鐘一は日の暮れかかるに驚き、立上りて、そのまま渡頭近く来ぬ。

渡頭の小屋、繋げる船、いずれも昔のさまに異らねど、船頭は老いて、棹を取れるはその頃十二三歳なりし子息なり。がやがやと喧ましき群集を載せて、やがて船は出でんとす。この時たれとも知らず声をかくるものありと覚えて、鐘一は驚きて頭をもたげぬ。わが前にはみにくからぬ中年の婦人ありて、木崎様にてはおわさずやという。

その誰なるかを知りし時のかれの驚きは、まことに譬うるにものなかりき。あわれそは恋しきかの礼子の君にてありたれば。

七

親しき人のみな我を忘れたるこの里に、さして親しき言葉をも交さざりし礼子の君の、今にわれの姿を忘れぬとは、何か訳のなくては叶わぬことぞと、一瞬の間にも鐘一はあやしく思いぬ。されどあまりの意外に、心はみだれ気は動きて、何といいてよきやら、何と挨拶してよきやら、我からわが身の所置に迷いつつ、いまだ何一言をも云わぬ間に、舟ははやくも広き流れを横ぎりて、一株の古柳のこんもりと茂りたる、前岸の渡船場に纜を繋ぎぬ。

暮れぬ間にと急ぎて岸にのぼれる乗客の跡につきて、かの人もしおしおと立上りぬ。鐘一はこの時すこしく我に返りたるが、いたくやつれ、いたく青ざめたる礼子の顔を見て、少なからずその心をば動かしたり。あわれかの美しかりし人も、いまはこのようになりたるかと思いかけて、ぞっとして自ら頭を背けてしまいぬ。二人はなお無言にて、十間程堤を右の方へと進み行きしが、女は急に振り返りて、今宵は妾の家に来りてやどり給え、妾の家はこれより遠くもあらねばという。

いよいよ意外なる言の葉に、鐘一はあやしむ事一方ならず、急には返答もなしかねて、黙し居れるを女は見て、まことにおのれははしたなき女子、恥知らぬ女子、さして親しくもあらざりし君に……と言いかけて、俄に思返したるように、否親しくあらざりし君にはあらじ。君の事をおのれは幾度思いしか知れぬものをとて、意味あり気に顔をそむけぬ。夕日は柳をもれて、その低頭きたる顔の半面に、いとさびしげに照りわたれり。

君は知り給わじ、知り給わぬに相違なし。されど今宵はおのれの家にやどり給え、やどりたまえ。家には心置くべき人もあらぬにと、またいう。

幾度君を思いしか知れぬものをと言う言葉を聞きし時、鐘一はわが身のいましも千尋の底につき落されしもののように思われて、我知らず戦慄したり。幾度君を思いしか知れぬものを。さてはこの人ももしやわれと同じき苦しき心を持ちていたまいしにはあらざるか。

かく思うと共に、云うに云われぬ悲しき涙は、潸然としてかれの心中に漲り来りぬ。されど鐘一は、強いてそれを押えて、なおじっとして佇立みて居れば、女はまた迫りて、今夜一夜はまげてもやどり給え。おのれの家は、これより甚だ遠くもあらじ。家には温かき湯もあり、厚き衾もあればとまたいうに、鐘一は従うともなく、遂にその意にしたがいぬ。

日は大方暮れて、蒼然たる暮色は、すでに残る処なく天と地とを蔽いつくしぬ。二人は堤を行くことなお三町ばかり、やがて竹藪のいと小暗き間を抜け、それよりはるばると、丘陵、田畝、遠村を見渡したる路を、いと覚束なくもたどり行きぬ。細き里川を渡ること幾度、淋しき林中を過ぐること幾度、ようやくにして松面白く欹ちたる丘陵近く来りしが、それとなくふり返りて見れば、くるる秋の十五日の月は、今しも奇態なる東山の一面よりのぼり出でて、一度暮色のうちにつつまれたる野、山、川、林などの平遠山水は、ふたたび明かに見らるるようになりぬ。その丘を右に下りて、今少しひろびろとしたる枯野に出でしが、この時鐘一はその人の痩せたる影の長く地上にうつれるを見て、一種云うべからざる悲感に打たれぬ。

なお川を渡り、なお川をわたり、丘を越え、林を抜け、その山陰にあるお礼のかくれ家に達せしは、月すでに三竿の高さにのぼれる頃なりしが、この間二人はなお一語をも語らざりき。二人の心は、今しも限りなき悲哀に占領せられたればなるべし。

婆娑としてみだるる竹影をふみ、柴垣の影に隠見する灯火を見、鐘一は遂にその昔の恋人のかくれ家へと伴われぬ。

女の云いし如く、家には耳遠き一人の老婆あるのみにて、心にかくべき人もなし。御身は古町に住み給うと聞きしが、ここはまた何故ありての住居かと、鐘一は怪しみつつ問えば、古町、古町にはもはや妾は住み侍らずと、悲しげに女は云う。されど御身には正しき夫のあるにはあらずやとなお云えば、もはやその事は云いて下さるなと、頭を低れぬ。

庭にははや、かれがれになりたる虫の音いとあわれに、枯尾花の上に月の微かに照わたれるいとさびし。竹の風におののく響、遠き渓流のながるる音、名も知らぬ虫の鳴声など、秋の夜の悲しさ、心細さいわん方なし。

それだにあるを、かの礼子は、今しもいと悲しき事を語り出しぬ。君は妾の女の身なるにも拘らず、かかる事を云い出づるを、いとはしたなしと見おとし給うなるべし。されど妾の君をここに誘いたる心を、いかでか語らずして止むべき。あわれと思い給え、妾はこの燃ゆるが如き心を以て、幾度君を思いしか知れぬ身なれば。

あわれ恋とはかくまでにはかなきものか、かくまで烈しく思いながらその心の一片をだにそれと打明くる事能わぬほど、恋は悲しく情なきものなるかと、日毎夜毎思いなやまぬ事とてはなかりしものを。否々それのみには候わじ、ある時は思いあまりて、是非ともそれを打明けんと、君の門前まで行きしことさえありしものを、君、つれなき君は、一度去りてのち、遂に永久にかえり来まさず、妾ははかなき女の身の、親の命令には背き難くて、心にもあらぬ夫をもち、これがために、妾は如何に悲しき一生を送りたりしか。

君を始めて見たりしはかの裁縫の師匠の家にて候いき。君のやさしき言葉と、美しき姿とは、如何に妾の世慣れざる心を動かしたるやを、君は恐らくは知り給わざるべし。あまつさえ、妾の弟も、妾の従弟も、皆君のつとめ給う学校へ通学したれば、君のやさしきこと、親切なることを説くを聞く毎に、妾の君を思う心は、いよいよ日毎にまさりゆきて、愚にもほとほと忍びがたきものにはなりたるにて候いき。君は恐らくは知り給うまじ、道の角にて日毎に君に逢いたる事を。

いかでか知らぬ事かあるべきと、鐘一は堪兼ねしものの如く、いと声高く叫び出しぬ。

知ると云い給うか、さては妾を、君はかの時にすでに知りていたまいしかと、お礼は思わず膝を進めていきまきて問いぬ。知らぬ事かあるべき、知らぬ事かあるべきとふたたび絶叫したる男の眼には、玉の如き涙をつらねたり。

さては君はかの神社の神楽殿の前にて、逢いたる事を知り給うか。知りて居れりと男はいよいよ悲しげなり。

さては君はと、女はほとほとはげしき感情にたえぬものの如く、君の東京に帰りたまう前のおぼろ月夜に、君の家の前に佇みたるわれを知りたまうか。

かの影は御身、御身なりしか。

鐘一はいよいよ驚きてかく絶叫したり。女はああとほとほと堪がたきようなる長歎息を漏し、さては君はこの不肖なる妾をも、憎きものとは思いたまわざりしか。ああそれにしても何故に打明けては下されざりし。それだに打明けて下さりなば、妾はこのようなる悲しき情（なさけ）なき境遇には陥（おちい）らざりしものを。

　何故（なにゆえ）に打明けては下されざりしと、お礼は言葉を重ねて、極めて悲しげなる顔色（かおつき）をなしぬ。男は聳然（しょうぜん）として溢出（あふれい）づる涙を揮（ふる）いしが、おのれの君に告げざりしは、君の我に告げ得ざりし如く、極めて美しき恋にてありたるが故ぞというや否、女はいたく泣きて、君、君もまたしか思いたまいしか。

　否、それのみにはあらじ、御身のその心を知らざりしばかりにて、おのれもこの一生を、いかにはかなくいかに情（なさけ）なく過したるか知れぬものをと、詳しくその一伍十什（いちぶしじゅう）を語りたるに、ああ君もまた然（さ）なりしかと、お礼は打伏（うちふせ）になりて声を挙げて泣きぬ。今は堪えがたくなりたるなるべし。

　されど今宵はと、やがて涙を歔欷（すすり）あげ、絶々（たえだえ）にお礼はまたいう。今宵は何といううれしき夜（よ）ぞ。君にこの心を語り得しだに、すでに限りなくうれしと思いしに、君のその心をさえ聞くを得たるは、いかばかりうれしき事に候べき。妾は君にこの心を語り得ずに、一生を終るにはあらずやと、幾度（いくたび）悲しみしか知れぬ身なればと、また泣く。鐘一もあふれ出づる涙を支うること能わざりき。

　あくる朝は大霧（たいむ）天地をこめて、山も川も野も林も、大方は茫々（ぼうぼう）としてその中（うち）に没却しつくされたるが、別離を惜しむお礼に送られて、鐘一は今しもようやくその松一本立てる丘の処まで来ぬ。なお送りて行かんとて聴かぬを、限りなければと幾重にもなだめ賺し、心づよくも遂に悲しき別れを告げぬ。されど別れて見れど、また今更にその人の恋しく、一歩歩みてはふり返り、二歩歩みては振返り、三歩四歩と次第に恋しき人の姿の見えずなりゆくを悲しみながら、なお心づよく歩行けば、やがて霧深く路隔りて、その松に姿もいつか見えず見えずなりぬ。なおゆきゆきて、その日の正午近き頃、鐘一はこの市街を劃れる西北の峠の絶巓の一端にのぼりぬ、霧はすでに晴れて、美しき一幅の山水図は、明かにその前に展げられたり。鬱蒼としたるは鎮守の森、帯を曳きたる如きはその渓流と、見れば見る程二十年前のわれ何となくその中にあるように覚えられて、悲しさなつかしさ云わん方なし。さらに首を回して、少しく右の方を見れば、渓流よりほとんど十余町をへだてたる所に、小さき丘陵の幾つとなく散在するを見ぬ。その最も高き、一株の老松の磐回せる岡の陰こそは、わが恋人の住める所なれ、かの礼子の君の永久にわれを思いている所なれと思いしが、かく思うや否、涙は落ちて霰のごとし。その涙を揮いて、鐘一は遂に悲しくも山を下れり。秋風蕭条として、その菅笠の行方のあわれさ。

シグナルとシグナレス

宮沢賢治

「ガタンコガタンコ、シュウフッフッ、
　さそりの赤眼が　見えたころ、
　四時から今朝も　やって来た。
　遠野の盆地は　まっくらで、
　つめたい水の　声ばかり。
　ガタンコガタンコ、シュウフッフッ、
　凍えた砂利に　湯気を吐き、
　火花を闇に　まきながら、

蛇紋岩(さあぺんていん)の　崖(がけ)に来て、
やっと東が　燃え出した。
ガタンコガタンコ、シュウフッフッ、
鳥がなき出し　木は光り、
青々川は　ながれたが、
丘もはざまも　いちめんに、
まぶしい霜を　載(の)せていた。
ガタンコガタンコ、シュウフッフッ、
やっぱりかけると　あったかだ。
僕はほうほう　汗が出る。
もう七八里(り)　はせたいな、
今日も、一日　霜ぐもり。
ガタンガタン、ギー、シュウシュウ」
軽便鉄道(けいべんてつどう)の東からの一番列車が少しあわてたようにこう歌いながらやって来てとまりました。機関車の下からは、力のない湯気が逃出して行き、ほそ長いおかしな形の煙突からは青いけむりが、ほんの少うし立ちました。

そこで軽便鉄道付きの電信柱どもは、やっと安心したように、ぶんぶんとうなり、シグナルの柱はかたんと白い腕木(うでき)をあげました。このまっすぐなシグナルの柱は、シグナレスでした。

シグナレスはほっと小さなため息をついて空を見上げました。そらにはうすい雲が縞(しま)になっていっぱいに充(み)ち、それはつめたい白光(しろびかり)、凍った地面に降らせながら、しずかに東へ流れていたのです。

シグナレスはじっとその雲の行方(ゆくえ)をながめました。それからやさしい腕木を思い切りそっちの方へ延ばしながら、ほんのかすかにひとりごとを云いました。

「今朝は伯母(おば)さんたちもきっとこっちの方を見ていらっしゃるわ。」シグナレスはいつまでもいつまでもそっちに気をとられて居(お)りました。

「カタン」

うしろの方のしずかな空でいきなり音がしましたのでシグナレスは急いでそっちを振り向きました。ずうっと積まれた黒い枕木(まくらぎ)の向うにあの立派な本線のシグナルばしらが今はるかの南から、かがやく白けむりをあげてやって来る列車を迎える為にその上の硬い腕をさげたところでした。

「お早う今朝は暖ですね。」本線のシグナル柱はキチンと兵隊のように立ちながらいやにまじめくさって挨拶しました。

「お早うございます」シグナレスはふし目になって声を落して答えました。

「若さま、いけません。これからはあんなものにやたらに声をおかけなさらないようにねがいます。」本線のシグナルに夜電気を送る太い電信柱がさも勿体ぶって申しました。

本線のシグナルはきまり悪そうにもじもじしてだまってしまいました。気の弱いシグナレスはまるでもう消えてしまうか飛んでしまうかしたいと思いました。けれどもどうにも仕方がありませんでしたからやっぱりじっと立っていたのです。

雲の縞は薄い琥珀の板のようにうるみ、かすかなかすかな日光が降って来ましたので本線シグナル附きの電信柱はうれしがって向うの野原を行く小さな荷馬車を見ながら低く調子はずれの歌をやりました。

「ゴゴン、ゴーゴー、
うすい雲から
酒が降り出す、

酒の中から
霜がながれる。ゴゴンゴーゴー
ゴゴンゴーゴー霜がとければ
つちはまっくろ。
馬はふんごみ
人もべちゃべちゃゴゴンゴーゴー、」

それからもっともっとつづけざまにわけのわからないことを歌いました。

その間に本線のシグナル柱が、そっと西風にたのんでこう云いました。

「どうか気にかけないで下さい。こいつはもうまるで野蛮なんです礼式も何も知らないのです。実際私はいつでも困ってるんですよ。」

軽便鉄道のシグナレスは、まるでどぎまぎしてうつむきながら低く、

「あら、そんなことございませんわ。」と云いましたが何分(なにぶん)風下でしたから本線のシグナルまで聞(きこ)えませんでした。

「許して下さるんですか、本当を云ったら、僕なんかあなたに怒られたら生きている甲

斐もないんですからね、」

「あらあら、そんなこと。」軽便鉄道の木でつくったシグナレスは、まるで困ったというように肩をすぼめましたが、実はその少しうつむいた顔は、うれしさにぽっと白光を出していました。

「シグナレスさん、どうかまじめで聞いて下さい。僕あなたの為なら、次の十時の汽車が来る時腕を下げないで、じっと頑張り通してでも見せますよ」わずかばかりヒュウヒュウ云っていた風が、この時ぴたりとやみました。

「あら、そんな事いけませんわ。」

「勿論いけないですよ。汽車が来るとき、腕を下げないで頑張るなんて、そんなことあなたの為にも僕の為にもならないから僕はやりはしませんよ。けれどもそんなことでもしようと云うんです。僕あなたくらい大事なものは世界中ないんです。どうか僕を愛して下さい」

シグナレスは、じっと下の方を見て黙って立っていました。本線シグナル附きのせいの低い電信柱は、まだ出鱈目の歌をやっています。

「ゴゴンゴーゴー、

やまのいわやで、
熊が火をたき、
あまりけむくて、
ほらを逃出す。ゴゴンゴー、
田螺はのろのろ、
うう、田螺はのろのろ。
田螺のしゃっぽは、
羅紗の上等　ゴゴンゴーゴー。」
本線のシグナルはせっかちでしたから、シグナレスの返事のないのに、まるであわててしまいました。
「シグナレスさん、あなたはお返事をして下さらないんですか。ああ僕はもうまるでくらやみだ。目の前がまるでまっ黒な淵のようだ。ああ雷が落ちて来て、一ぺんに僕のからだをくだけ。足もとから噴火が起って、僕を空の遠くにほうりなげろ。もうなにもかもみんなおしまいだ。雷が落ちて来て一ぺんに僕のからだを砕け。足もと……。」
「いや若様、雷が参りました節は手前一身におんわざわいを頂戴いたします。どうかご安心をねがいとう存じます」

シグナル附きの電信柱が、いつかでたらめの歌をやめて頭の上のはりがねの槍（やり）をぴんと立てながら眼をパチパチさせていました。

「えい。お前なんか何を云うんだ。

僕はそれどこじゃないんだ。」

「それはまたどうしたことでござりまする。

ちょっとやつがれまでお申し聞けになりとう存じます。」

「いいよ、お前はだまっておいで」シグナルは高く叫びました。しかしシグナルも、もうだまってしまいました。

雲がだんだん薄くなって柔かな陽（ひ）が射して参りました。

五日の月が、西の山脈の上の黒い横雲から、もう一ぺん顔を出して山へ沈む前の、ほんのしばらくを鈍い鉛（なまり）のような光で、そこらをいっぱいにしました。冬がれの木やつみ重ねられた黒い枕木（まくらぎ）はもちろんのこと、電信柱まで、みんな眠ってしまいました。遠くの遠くの風の音か水の音がごうと鳴るだけです。

「ああ、僕はもう生きてる甲斐もないんだ。汽車が来るたびに腕を下げたり、青いめがねをかけたり一体何の為にこんなことをするんだ。もうなんにも面白くない。ああ死のう。けれどもどうして死ぬ。やっぱり雷か噴火だ。」

本線のシグナルは、今夜も眠られませんでした。非常なはんもんでした。けれどもそれはシグナルばかりではありません。枕木の向うに青白くしょんぼり立って赤い火をかかげている、軽便鉄道のシグナル、すなわちシグナレスとても全くその通りでした。

「ああ、シグナルさんもあんまりだわ、あたしが云えないでお返事も出来ないのを、すぐあんなに怒っておしまいになるなんて。あたしもう何もかもみんなおしまいだわ。お神様、シグナルさんに雷を落すとき、一緒に私にもお落し下さいませ。」

こう云って、しきりに星空に祈っているのでした。ところがその声が、かすかにシグナルの耳に入りました。シグナルはぎょっとしたように胸を張って、しばらく考えていましたが、やがてガタガタ震え出しました。

震えながら云いました。

「シグナレスさん。あなたは何を祈っておられますか。」

「あたし存じませんわ。」シグナレスは声を落して答えました。

「シグナレスさん、それはあんまりひどいお言葉でしょう。僕はもう今すぐでもお雷（らい）さんに潰されて、または噴火を足もとから引っぱり出して、またはいさぎよく風に倒されて、またはノアの洪水をひっかぶって、死んでしまおうと云うんですよ。それだのに、あなたはちっとも同情して下さらないんですか。」

「あら、その噴火や洪水を。あたしのお祈りはそれよ。」シグナレスは思い切って云いました。シグナルはもううれしくてうれしくて、なおさら、ガタガタガタガタふるえました。その赤い眼鏡（めがね）もゆれたのです。

「シグナレスさん。なぜあなたは死ななけぁならないんですか。ね僕へお話し下さい。ね。僕へお話下さい、きっと、僕はそのいけないやつを追っぱらってしまいますから一体どうしたんですね。」

「だって、あなたがあんなにお怒りなさるんですもの。」

「ふふん。ああ、そのことですか。ふん。いいえ。その事ならばご心配ありません。大丈夫です。僕ちっとも怒ってなんか居はしませんからね、僕、もうあなたの為なら、めがねをみんな取られて、腕をみんなひっぱなされて、それから沼の底へたたき込まれたって、あなたをうらみはしませんよ。」

「あら、ほんとう。うれしいわ。」

「だから僕を愛して下さい。さあ僕を愛するって云って下さい。」

五日のお月さまは、この時雲と山の端との丁度まん中に居ました。シグナルはもうまるで顔色を変えて灰色の幽霊みたいになって言いました。

「またあなたはだまってしまったんですね。やっぱり僕がきらいなんでしょう。もういいや、どうせ僕なんか噴火か洪水か風にかやられるにきまってるんだ。」

「あら、ちがいますわ。」

「そんならどうですどうです、どうです。」

「あたし、もう大昔からあなたのことばかり考えていましたわ。」

「本当ですか、本当ですか、本当ですか。」

「ええ。」

「そんならいいでしょう。結婚の約束をして下さい。」

「でも」

「でもなんですか、僕たちは春になったら燕にたのんで、みんなにも知らせて結婚の式をあげましょう。どうか約束して下さい。」

「だってあたしはこんなつまらないんですわ」

「わかってますよ、僕にはそのつまらないところが尊いんです。」

すると、さあ、シグナレスはあらんかぎりの勇気を出して云い出しました。

「でもあなたは金（かね）でできてるでしょう。新式でしょう。赤青めがねも二組まで持っていらっしゃるわ、夜も電燈でしょう、あたしは夜だってランプですわ、めがねもただ一つきりそれに木ですわ。」

「わかってますよ。だから僕はすきなんです」

「あら、ほんとう。うれしいわ。あたしお約束するわ」

「え、ありがとう、うれしいなあ僕もお約束しますよ。あなたはきっと、私の未来の妻だ」

「ええ、そうよ、あたし決して変らないわ」

「婚約指環（エンゲージリング）をあげますよ、そらねあすこの四つならんだ青い星ね」

「ええ」

「あの一番下の脚もとに小さな環（わ）が見えるでしょう、環状星雲（フィッシュマウスネビュラ）ですよ。あの光の環ね、あれを受け取って下さい、僕のまごころです」

「ええ。ありがとう、いただきますわ」

「ワッハッハ。大笑いだ。うまくやってやがるぜ」

　突然向うのまっ黒な倉庫がそらにもはばかるような声でどなりました。二人はまるでしんとなってしまいました。

　ところが倉庫がまた云いました。

「いや心配しなさんな。このことは決してほかへはもらしませんぞ。わしがしっかり呑み込みました」

　その時です、お月さまがカブンと山へお入りになってあたりがポカッとうすぐらくなったのは。

　今は風があんまり強いので電信柱どもは、本線の方も、軽便鉄道の方もまるで気が気でなく、ぐうんぐうんひゅうひゅうと独楽（こま）のようにうなって居りました。それでも空はまっ青（さお）に晴れていました。

　本線シグナルつきの太っちょの電信柱も、もうでたらめの歌をやるどころの話ではありません、できるだけからだをちぢめて眼を細くして、ひとなみに、ブウウ、フウウとうなってごまかして居りました。

　シグナレスは、この時、東のぐらぐらするくらい強い青びかりの中をびっこをひくようにして走って行く雲を見て居りましたがそれからチラッとシグナルの方を見ました。

シグナルは、今日は巡査のようにしゃんと、立っていましたが、風が強くて太っちょの電信柱に聞えないのをいいことにして、シグナレスにはなしかけました。


「どうもひどい風ですね。あなた頭がほてって痛みはしませんか。どうも僕は少しくらくらしますね。いろいろお話しますから、あなたただ頭をふってうなずいてだけいて下さい。どうせお返事をしたって、僕のところへ届きはしませんから、それから僕のはなしで面白くないことがあったら横の方に頭を振って下さい。これは、本当は、欧羅巴(ヨーロッパ)の方のやり方なんですよ。向うでは、僕たちのように仲のいいものがほかの人に知れないようにお話をするときは、みんなこうするんですよ。僕それを向うの雑誌で見たんです、ね、あの倉庫のやつめ、おかしなやつですね。いきなり僕たちの話してるところへ口を出して、引き受けたの何のって云うんですもの、あいつはずいぶん太ってますね、今日も眼をパチパチやらかしてますよ。

僕のあなたに物を言ってるのはわかっていても、何を言ってるのか風で一向聞えないんですよ、けれども全体、あなたに聞えてるんですか、聞えてるなら頭を振って下さい、ええそう、聞えるでしょうね。僕たち早く結婚したいもんですね。早く春になれぁいいんですね。

僕のとこのぶっきりこに少しも知らせないでおきましょう。そしておいて、いきなり、ウヘン、ああ風でのどがぜいぜいする。ああひどい。ちょっとお話をやめますよ。僕ののどが痛くなったんです。わかりましたか、じゃちょっとさよなら」

それからシグナルは、うううと云いながら眼をぱちぱちさせてしばらくの間だまって居ました。シグナレスもおとなしくシグナルの咽喉のなおるのを待っていました。電信柱どもは、ブンブンゴンゴンと鳴り、風はひゅうひゅうとやりました。

シグナルはつばをのみこんだりえーえーとせきばらいをしたりしていましたが、やっと咽喉の痛いのが癒ったらしく、もう一ぺんシグナレスに話しかけました。けれどもこの時は、風がまるで熊のように吼え、まわりの電信柱どもは、山一ぱいの蜂の巣を一ぺんに壊しでもしたようにぐわんぐわんとうなっていましたので、折角のその声も、半分ばかりしかシグナレスに届きませんでした。

「ね、僕はもうあなたの為なら、次の汽車の来るとき、頑張って腕を下げないことでも、何でもするんですからね、わかったでしょう。あなたもそのくらいの決心はあるでしょうね、あなたはほんとうに美しいんです、ね、世界の中にだって僕たちの仲間はいくらもあるんでしょう。その半分はまあ女の人でしょうがねえ、その中であなたは一番美しいんです。もっとも外の女の人僕よく知らないんですけれどもね、きっとそうだと思うんですよ、どうです聞えますか。僕たちのまわりに居るやつはみんな馬鹿ですねのろまですね、僕とこのぶっきりこが僕が何をあなたに云ってるのかと思って、そらごらんなさい、一生けん命、目をパチパチやってますよ、こいつと来たら全くチョークよりも形がわるいんですからね、そら、こんどはあんなに口を曲げていますよ、呆れた馬鹿ですねえ、僕のはなし聞えますか、僕の……」

「若さま、さっきから何をべちゃべちゃ云っていらっしゃるのです。しかもシグナレス風情と、一体何をにやけていらっしゃるんです」

いきなり本線シグナル附きの電信柱が、むしゃくしゃまぎれにごうごうの音の中を途方もない声でどなったもんですから、シグナルは勿論シグナレスもまっ青になってぴたっとこっちへまげていたからだをまっすぐに直しました。

「若さま、さあ仰しゃい。役目として承らなければなりません」

シグナルは、やっと元気を取り直しました。そしてどうせ風の為に何を云っても同じことなのをいいことにして、

「馬鹿、僕はシグナレスさんと結婚して幸福になって、それからお前にチョークのお嫁さんをくれてやるよ」

とこうまじめな顔で云ったのでした。その声は風下のシグナレスにはすぐ聞えましたので、シグナレスは恐いながら思わず笑ってしまいました。さあそれを見た本線シグナル附きの電信柱の怒りようと云ったらありません。早速ブルブルッとふるえあがり、青白く逆上せてしまい唇をきっと噛みながらすぐひどく手を回してすなわち一ぺん東京まで手をまわして風下にいる軽便鉄道の電信柱に、シグナルとシグナレスの対話が、一体何だったか今シグナレスが笑ったことは、どんなことだったかたずねてやりました。

ああ、シグナルは一生の失策をしたのでした。シグナレスよりも少し風下にすてきに耳のいい長い長い電信柱がいて知らん顔をしてすまして空の方を見ながら、さっきからの話をみんな聞いていたのです。そこで、早速、それを東京を経て本線シグナルつきの電信柱に返事をしてやりました。

本線シグナルつきの電信柱は、キリキリ歯がみをしながら聞いていましたが、すっか

り聞いてしまうと、さあまるでもう馬鹿のようになってどなりました。

「くそッ、えいっ。いまいましい。あんまりだ、犬畜生、あんまりだ。犬畜生、ええ、若さまわたしだって男ですぜ、こんなにひどく馬鹿にされてだまっているとお考えですか。結婚だなんてやれるならやってごらんなさい。電信柱の仲間はもうみんな反対です。シグナル柱の人だちだって鉄道長の命令にそむけるもんですか。そして鉄道長はわたしの叔父ですぜ。結婚なり何なりやってごらんなさい。えい、犬畜生め、えい」

本線シグナル附きの電信柱は、すぐ四方に電報をかけました。それからしばらく顔色を変えてみんなの返事をきいていました。確かにみんなから反対の約束を貰ったらしいのでした。それからきっと叔父のその鉄道長とかにもうまく頼んだにちがいありません。シグナルもシグナレスもあまりのことに今さらポカンとして呆れていました。本線シグナル附きの電信柱はすっかり反対の準備が出来るとこんどは急に泣き声で言いました。

「あああ、八年の間、夜ひる寝ないで面倒を見てやってそのお礼がこれか。ああ情ない、もう世の中はみだれてしまった。ああもうおしまいだ。なさけない。メリケン国のエジソンさまもこのあさましい世界をお見棄てなされたか。オンオンオンオン、ゴゴンゴーゴーゴンゴー」

風はますます吹きつのり、西のそらが変にしろくぼんやりなってどうもあやしいと思っているうちにチラチラチラチラとうとう雪がやって参りました。

シグナルは力を落して青白く立ち、そっとよこ眼でやさしいシグナレスの方を見ました。シグナレスはしくしく泣きながら、丁度やって来る二時の汽車を迎える為にしょんぼりと腕をさげ、そのいじらしい撫肩(なでがた)はかすかにかすかにふるえておりました。空では風がフイウ、涙を知らない電信柱どもはゴゴンゴーゴーゴゴンゴーゴー。

さあ今度は夜ですよ。シグナルはしょんぼり立っておりました。

月の光が青白く雪を照しています。雪はこうこうと光ります。そこにはすきとおって小さな紅火(べにび)や青の火をうかべました。しいんとしています。山脈は若い白熊の貴族の屍(し)体(たい)のようにしずかに白く横(よこた)わり、遠くの遠くを、ひるまの風のなごりがヒュウと鳴って通りました。それでもじつにしずかです。黒い枕木はみなねむり赤の三角や黄色の点々さまざまの夢を見ているとき、若いあわれなシグナルはほっと小さなため息をつきました。そこで半分凍えてじっと立っていたやさしいシグナレスも、ほっと小さなため息をしました。

「シグナレスさん。ほんとうに僕たちはつらいねえ」

たまらずシグナルがそっとシグナレスに話かけました。

「ええ、みんなあたしがいけなかったのですわ」シグナレスが青じろくうなだれて云いました。

諸君、シグナルの胸は燃えるばかり、

「ああ、シグナレスさん、僕たちたった二人だけ、遠くの遠くのみんなの居ないところに行ってしまいたいね。」

「ええ、あたし行けさえするならどこへでも行きますわ。」

「ねえ、ずうっとずうっと天上にあの僕たちの婚約指環（エンゲージリング）よりも、もっと天上に青い小さな小さな火が見えるでしょう。そら、ね、あすこは遠いですねえ。」

「ええ。」シグナレスは小さな唇でいまにもその火にキッスしたそうに空を見あげていました。

「あすこには青い霧の火が燃えているんでしょうね。その青い霧の火の中へ僕たち一緒に坐りたいですねえ。」

「ええ。」

「けれどあすこには汽車はないんですねえ、そんなら僕畑をつくろうか。何か働かないといけないいんだから。」

「ええ。」

「ああ、お星さま、遠くの青いお星さま。どうか私どもをとって下さい。ああなさけぶかいサンタマリヤ、まためぐみふかいジョウジスチブンソンさま、どうか私どものかなしい祈りを聞いて下さい。」

「ええ。」

「さあ一緒に祈りましょう。」

「ええ。」

「あわれみふかいサンタマリヤ、すきとおるよるの底、つめたい雪の地面の上にかなしくいのるわたくしどもをみそなわせ、めぐみふかいジョウジスチブンソンさま、あなたのしもべのまたしもべ、かなしいこのたましいのまことの祈りをみそなわせ、ああ、サンタマリヤ。」

「ああ。」

星はしずかにめぐって行きました。そこであの赤眼のさそりが、せわしくまたたいて東から出て来そしてサンタマリヤのお月さまが慈愛にみちた尊い黄金のまなざしに、じっと二人を見ながら、西のまっくろの山におはいりになったとき、シグナルシグナレスの二人は、いのりにつかれてもう睡って居ました。

今度はひるまでです。なぜなら夜昼はどうしてもかわるがわるでですから。

ぎらぎらのお日さまが東の山をのぼりました。シグナルとシグナレスはぱっと桃色に映えました。いきなり大きな巾広い声がそこら中にはびこりました。

「おい。本線シグナル附きの電信柱、おまえの叔父の鉄道長に早くそう云って、あの二人は一緒にしてやった方がよかろうぜ。」

見るとそれは先ころの晩の倉庫の屋根でした。

倉庫の屋根は、赤いうわぐすりをかけた瓦を、まるで鎧のようにキラキラ着込んで、じろっとあたりを見まわしているのでした。

本線シグナル附きの電信柱は、がたがたっとふるえてそれからじっと固くなって答えました。

「ふん、何だとお前は何の縁故でこんなことに口を出すんだ」

「おいおい、あんまり大きなつらをするなよ。ええおい。おれは縁故と云えば大縁故さ、縁故でないと云えば、一向縁故でも何でもないぜ、が、しかしさ。こんなことにはてめえのような変ちきりんはあんまりいろいろ手を出さない方が結局てめえの為だろうぜ」

「何だと。おれはシグナルの後見人だぞ。鉄道長の甥だぞ」

「そうか。おい立派なもんだなあ。シグナルさまの後見人で鉄道長の甥かい。けれどもそんならおれなんてどうだい、おれさまはな、ええ、めくらとんびの後見人、ええ風引きの脈の甥だぞ。どうだ、どっちが偉い」

「何をっ。コリッ、コリコリッ、カリッ」

「まああそう怒るなよ。これは冗談さ。悪く思わんでくれ。な、あの二人さ、可哀そうだよ。いい加減にまとめてやれよ。大人らしくもないじゃないか。あんまり胸の狭いことは云わんでさ。あんな立派な後見人を持って、シグナルもほんとうにしあわせだと云われるぜ。な、まとめてやれ、まとめてやれ」

本線シグナルつきの電信柱は、物を云おうとしたのでしたがもうあんまり気が立ってしまってバチバチパチパチ鳴るだけでした。

倉庫の屋根もあんまりのその怒りように、まさかこんな筈ではなかったと云うように少し呆れてだまってその顔を見ていました。お日さまはずうっと高くなり、シグナルとシグナレスとはほっとまたため息をついてお互に顔を見合せました。シグナレスは瞳を少し落しシグナルの白い胸に青々と落ちためがねの影をチラッと見てそれからにわかに目をそらして自分のあしもとをみつめ考え込んでしまいました。

今夜は暖(あたたか)です。

霧がふかくふかくこめました。

そのきりを徹(とお)して、月のあかりが水色にしずかに降り、電信柱も枕木も、みんな寝しずまりました。

シグナルが待っていたようにほっと息をしました。シグナレスも胸いっぱいのおもいをこめて小さくほっといきしました。

そのときシグナルとシグナレスとは、霧の中から倉庫の屋根の落ちついた親切らしい声の響いて来るのを聞きました。

「お前たちは、全く気の毒だね。わたしは今朝うまくやってやろうと思ったんだが、かえっていけなくしてしまった。ほんとうに気の毒なことになったよ。しかしわたしにはまた考えがあるからそんなに心配しないでもいいよ。お前たちは霧でお互に顔も見えずさびしいだろう」

「ええ」

「ええ」

「そうか。ではおれが見えるようにしてやろう。いいか、おれのあとをついて二人一しょに真似をするんだぜ」

「ええ」

「そうか。ではアルファー」

「アルファー」

「ビーター」「ビーター」

「ガンマー」「ガンマーアー」

「デルター」「デールータァーアアア」

　実に不思議です。いつかシグナルとシグナレスとの二人はまっ黒な夜の中に肩をならべて立っていました。

「おや、どうしたんだろう。あたり一面まっ黒びろうどの夜だ」

「まあ、不思議ですわね、まっくらだわ」

「いいや、頭の上が星で一杯です。おや、なんという大きな強い星なんだろう、それに見たこともない空の模様ではありませんか、一体あの十三連なる青い星は前どこにあったのでしょう、こんな星は見たことも聞いたこともありませんね。僕たちぜんたいどこに来たんでしょうね」

「あら、空があんまり速くめぐりますわ」

「ええ、ああああの大きな橙の星は地平線から今上ります。おや、地平線じゃない。水平線かしら。そうです。ここは夜の海の渚ですよ。」

「まあ奇麗だわね、あの波の青びかり。」

「ええ、あれは磯波の波がしらです、立派ですねえ、行って見ましょう。」

「まあ、ほんとうにお月さまのあかりのような水よ。」

「ね、水の底に赤いひとでがいますよ。銀色のなまこがいますよ。ゆっくりゆっくり、這ってますねえ。それからあのユラユラ青びかりの棘を動かしているのは、雲丹ですね。波が寄せて来ます。少し遠退きましょう、」

「ええ。」

「もう、何べん空がめぐったでしょう。大へん寒くなりました。海が何だか凍ったようですね。波はもううたなくなりました。」

「波がやんだせいでしょうかしら。何か音がしていますわ。」

「どんな音。」

「そら、夢の水車の軋り(きし)のような音。」

「ああそうだ。あの音だ。ピタゴラス派の天球運行の諧音(かいおん)です。」

「あら、何だかまわりがぼんやり青白くなって来ましたわ。」

「夜が明けるのでしょうか。いやはてな。おお立派だ。あなたの顔がはっきり見える。」

「あなたもよ。」

「ええ、とうとう、僕たち二人きりですね。」

「まあ、青じろい火が燃えてますわ。まあ地面も海も。けど熱くないわ。」

「ここは空ですよ。これは星の中の霧の火ですよ。僕たちのねがいが叶ったんです。ああ、さんたまりや。」

「ああ。」

「地球は遠いですね。」

「ええ。」

「地球はどっちの方でしょう。あたりいちめんの星どこがどこかもうわからない。あの僕のブッキリコはどうしたろう。あいつは本当はかわいそうですね。」

「ええ、まあ火が少し白くなったわ、せわしく燃えますわ。」

「きっと今秋ですね。そしてあの倉庫の屋根も親切でしたね。」

「それは親切とも。」いきなり太い声がしました。気がついて見るとああ二人とも一緒に夢を見ていたのでした。いつか霧がはれてそら一めんの星が、青や橙(だいだい)やせわしくせわしくまたたき、向うにはまっ黒な倉庫の屋根が笑いながら立っておりました。

二人はまたほっと小さな息をしました。

舞踏会

芥川龍之介

一

明治十九年十一月三日の夜であった。当時十七歳だった――家(け)の令嬢明子(あきこ)は、頭の禿げた父親と一しょに、今夜の舞踏会が催さるべき鹿鳴館(ろくめいかん)の階段を上って行った。明(あか)るい瓦斯(ガス)の光に照らされた、幅の広い階段の両側には、ほとんど人工に近い大輪の菊の花が、三重の籬(まがき)を造っていた。菊は一番奥のがうす紅(べに)、中程のが濃い黄色、一番前のがまっ白な花びらを流蘇(ふさ)の如く乱しているのであった。そうしてその菊の籬の尽きるあたり、階段の上の舞踏室からは、もう陽気な管絃楽の音が、抑え難い幸福の吐息のように、休みなく溢れて来るのであった。

明子は夙に仏蘭西語と舞踏との教育を受けていた。が、正式の舞踏会に臨むのは、今夜がまだ生まれて始めてであった。だから彼女は馬車の中でも、折々話しかける父親に、上の空の返事ばかり与えていた。それ程彼女の胸の中には、愉快なる不安とでも形容すべき、一種の落着かない心もちが根を張っていたのであった。彼女は馬車が鹿鳴館の前に止るまで、何度いら立たしい眼を挙げて、窓の外に流れて行く東京の町の乏しい燈火を、見つめた事だか知れなかった。

が、鹿鳴館の中へはいると、間もなく彼女はその不安を忘れるような事件に遭遇した。と云うのは階段の丁度中程まで来かかった時、二人は一足先に上って行く支那の大官に追いついた。すると大官は肥満した体を開いて、二人を先へ通らせながら、呆れたような視線を明子へ投げた。初々しい薔薇色の舞踏服、品好く首へかけた水色のリボン、それから濃い髪に匂っているたった一輪の薔薇の花——実際その夜の明子の姿は、この長い弁髪を垂れた支那の大官の眼を驚かすべく、開化の日本の少女の美を遺憾なく具えていたのであった。と思うと又階段を急ぎ足に下りて来た、若い燕尾服の日本人も、途中で二人にすれ違いながら、反射的にちょいと振り返って、やはり呆れたような一瞥を明子の後姿に浴せかけた。それから何故か思いついたように、白い襟飾へ手をやって見て、又菊の中を忙しく玄関の方へ下りて行った。

二人が階段を上り切ると、二階の舞踏室の入口には、半白の頬鬚を蓄えた主人役の伯爵が、胸間に幾つかの勲章を帯びて、路易十五世式の装いを凝らした年上の伯爵夫人と一しょに、大様に客を迎えていた。明子はこの伯爵でさえ、彼女の姿を見た時には、その老獪らしい顔の何処かに、一瞬間無邪気な驚嘆の色が去来したのを見のがさなかった。人の好い明子の父親は、嬉しそうな微笑を浮べながら、伯爵とその夫人とへ手短に娘を紹介した。彼女は羞恥と得意とを交る交る味った。が、その暇にも権高な伯爵夫人の顔だちに、一点下品な気があるのを感づくだけの余裕があった。

舞踏室の中にも至る所に、菊の花が美しく咲き乱れていた。そうして又至る所に、相手を待っている婦人たちのレエスや花や象牙の扇が、爽かな香水の匂の中に、音のない波の如く動いていた。明子はすぐに父親と分れて、その綺羅びやかな婦人たちの或一団と一しょになった。それは皆同じような水色や薔薇色の舞踏服を着た、同年輩らしい少女であった。彼等は彼女を迎えると、小鳥のようにさざめき立って、口口に今夜の彼女の姿が美しい事を褒め立てたりした。

が、彼女がその仲間へはいるや否や、見知らない仏蘭西の海軍将校が、何処からか静に歩み寄った。そうして両腕を垂れたまま、丁寧に日本風の会釈をした。明子はかすかながら血の色が、頬に上って来るのを意識した。しかしその会釈が何を意味するかは、問うまでもなく明かだった。だから彼女は手にしていた扇を預って貰うべく、隣に立っている水色の舞踏服の令嬢をふり返った。と同時に意外にも、その仏蘭西の海軍将校は、ちらりと頬に微笑の影を浮べながら、異様なアクサンを帯びた日本語で、はっきりと彼女にこう云った。

「一しょに踊っては下さいませんか。」

　間もなく明子は、その仏蘭西の海軍将校と、「美しく青きダニウブ」のヴアルスを踊っていた。相手の将校は、頬の日に焼けた、眼鼻立ちの鮮(あざやか)な、濃い口髭のある男であった。彼女はその相手の軍服の左の肩に、長い手袋を嵌(は)めた手を預くべく、余りに背が低かった。が、場馴れている海軍将校は、巧に彼女をあしらって、軽々と群集の中を舞い歩いた。そうして時々彼女の耳に、愛想の好い仏蘭西語の御世辞さえも囁(ささや)いた。

彼女はその優しい言葉に、恥しそうな微笑を酬（むく）いながら、時々彼等が踊っている舞踏室の周囲へ眼を投げた。皇室の御紋章を染め抜いた紫縮緬（ちりめん）の幔幕（まんまく）や、爪を張った蒼竜（そうりゅう）が身をうねらせている支那の国旗の下には、花瓶々々の菊の花が、或は軽快な銀色を、或は陰欝な金色を、人波の間にちらつかせていた。しかもその人波は、三鞭酒（シャンパアニュ）のように湧き立って来る、花々しい独逸（ドイツ）管絃楽の旋律の風に煽られて、暫くも目まぐるしい動揺を止めなかった。明子はやはり踊っている友達の一人と眼を合わすと、互に愉快そうな頷きを忙しい中に送り合った。が、その瞬間には、もう違った踊り手が、まるで大きな蛾が狂うように、何処からか其処へ現れていた。

　しかし明子はその間にも、相手の仏蘭西の海軍将校の眼が、彼女の一挙一動に注意しているのを知っていた。それは全くこの日本に慣れない外国人が、如何に彼女の快活な舞踏ぶりに、興味があったかを語るものであった。こんな美しい令嬢も、やはり紙と竹との家の中に、人形の如く住んでいるのであろうか。そうして細い金属の箸で、青い花の描いてある手のひら程の茶碗から、米粒を挟んで食べているのであろうか。――彼の眼の中にはこう云う疑問が、何度も人懐しい微笑と共に往来するようであった。明子にはそれが可笑（おか）しくもあれば、同時に又誇らしくもあった。だから彼女の華奢な薔薇色の踊り靴は、物珍しそうな相手の視線が折々足もとへ落ちる度に、一層身軽く滑な床の上を辷って行くのであった。

が、やがて相手の将校は、この児猫のような令嬢の疲れたらしいのに気がついたと見えて、劬るように顔を覗きこみながら、

「もっと続けて踊りましょうか。」

「ノン・メルシイ。」

明子は息をはずませながら、今度ははっきりとこう答えた。

するとその仏蘭西の海軍将校は、まだヴアルスの歩みを続けながら、前後左右に動いているレエスや花の波を縫って、壁側の花瓶の菊の方へ、悠々と彼女を連れて行った。そうして最後の一廻転の後、其処にあった椅子の上へ、鮮に彼女を掛けさせると、自分は一旦軍服の胸を張って、それから又前のように恭しく日本風の会釈をした。

その後又ポルカやマズユルカを踊ってから、明子はこの仏蘭西の海軍将校と腕を組んで、白と黄とうす紅と三重の菊の籬の間を、階下の広い部屋へ下りて行った。

此処には燕尾服や白い肩がしっきりなく去来する中に、銀や硝子の食器類に蔽われた

幾つかの食卓が、或は肉と松露(しょうろ)との山を盛り上げたり、或はサンドウィッチとアイスクリイムとの塔を聳(そばだ)てたり、或は又柘榴(ざくろ)と無花果(いちじゅく)との三角塔を築いたりしていた。殊に菊の花が埋め残した、部屋の一方の壁上には、巧な人工の葡萄蔓(ぶどうづる)が青々とからみついている、美しい金色の格子があった。そうしてその葡萄の葉の間には、蜂の巣のような葡萄の房が、累々と紫に下っていた。明子はその金色の格子の前に、頭の禿げた彼女の父親が、同年輩の紳士と並んで、葉巻を啣(くわ)えているのに遇(あ)った。父親は明子の姿を見ると、満足そうにちょいと頷いたが、それぎり連れの方を向いて、又葉巻を燻(くゆ)らせ始めた。

　仏蘭西の海軍将校は、明子と食卓の一つへ行って、一しょにアイスクリイムの匙を取った。彼女はその間も相手の眼が、折々彼女の手や髪や水色のリボンを掛けた首へ注がれているのに気がついた。それは勿論彼女にとって、不快な事でも何でもなかった。が、或刹那には女らしい疑いも閃(ひらめ)かずにはいられなかった。そこで黒い天鵞絨(びろうど)の胸に赤い椿の花をつけた、独逸人らしい若い女が二人の傍を通った時、彼女はこの疑いを仄(ほの)めかせる為に、こう云う感歎の言葉を発明した。

「西洋の女の方はほんとうに御美しゅうございますこと。」

海軍将校はこの言葉を聞くと、思いの外真面目に首を振った。

「日本の女の方も美しいです。殊にあなたなぞは――」

「そんな事はございませんわ。」

「いえ、御世辞ではありません。そのますぐに巴里の舞踏会へも出られます。そうしたら皆が驚くでしょう。ワットオの画の中の御姫様のようですから。」

明子はワットオを知らなかった。だから海軍将校の言葉が呼び起した、美しい過去の幻も――仄暗い森の噴水と凋れて行く薔薇との幻も、一瞬の後には名残りなく消え失せてしまわなければならなかった。が、人一倍感じの鋭い彼女は、アイスクリイムの匙を動かしながら、僅にもう一つ残っている話題に縋る事を忘れなかった。

「私も巴里の舞踏会へ参って見とうございますわ。」

「いえ、巴里の舞踏会も全くこれと同じ事です。」

海軍将校はこう云いながら、二人の食卓を繞っている人波と菊の花とを見廻したが、忽ち皮肉な微笑の波が瞳の底に動いたと思うと、アイスクリイムの匙を止めて、

「巴里ばかりではありません。舞踏会は何処でも同じ事です。」と半ば独り語のようにつけ加えた。

一時間の後、明子と仏蘭西の海軍将校とは、やはり腕を組んだまま、大勢の日本人や外国人と一しょに、舞踏室の外にある星月夜の露台に佇んでいた。

欄干一つ隔(へだ)てた露台の向うには、広い庭園を埋めた針葉樹が、ひっそりと枝を交し合って、その梢(こずえ)に点々と鬼灯提燈(ほおずきぢょうちん)の火を透(す)かしていた。しかも冷かな空気の底には、下の庭園から上って来る苔の匂や落葉の匂が、かすかに寂しい秋の呼吸を漂わせているようであった。が、すぐ後の舞踏室では、やはりレエスや花の波が、十六菊を染め抜いた紫縮緬(ちりめん)の幕の下に、休みない動揺を続けていた。そうして又調子の高い管絃楽のつむじ風が、相不変(あいかわらず)その人間の海の上へ、用捨(ようしゃ)もなく鞭を加えていた。

勿論この露台の上からも、絶えず賑(にぎやか)な話し声や笑い声が夜気を揺(ゆす)っていた。まして暗い針葉樹の空に美しい花火が揚る時には、ほとんど人どよめきにも近い音が、一同の口から洩れた事もあった。その中に交って立っていた明子も、其処にいた懇意の令嬢たちとは、さっきから気軽な雑談を交換していた。が、やがて気がついて見ると、あの仏蘭西の海軍将校は、明子に腕を借したまま、庭園の上の星月夜へ黙然(もくねん)と眼を注いでいた。彼女にはそれが何となく、郷愁でも感じているように見えた。そこで明子は彼の顔を

そっと下から覗きこんで、

「御国の事を思っていらっしゃるのでしょう。」と半ば甘えるように尋ねて見た。

するとと海軍将校は相不変微笑を含んだ眼で、静かに明子の方へ振り返った。そうして
「ノン」と答える代りに、子供のように首を振って見せた。

「でも何か考えていらっしゃるようでございますわ。」

「何だか当てて御覧なさい。」

その時露台に集っていた人々の間には、又一しきり風のようなざわめく音が起り出した。明子と海軍将校とは云い合せたように話をやめて、庭園の針葉樹を圧している夜空の方へ眼をやった。其処には丁度赤と青との花火が、蜘蛛手に闇を弾きながら、まさに消えようとする所であった。明子には何故かその花火が、ほとんど悲しい気を起させる程それ程美しく思われた。

「私は花火の事を考えていたのです。我々の生のような花火の事を。」

暫くして仏蘭西の海軍将校は、優しく明子の顔を見下しながら、教えるような調子でこう云った。

二

大正七年の秋であった。当年の明子は鎌倉の別荘へ赴く途中、一面識のある青年の小説家と、偶然汽車の中で一しょになった。青年はその時編棚の上に、鎌倉の知人へ贈るべき菊の花束を載せて置いた。すると当年の明子――今のH老夫人は、菊の花を見る度に思い出す話があると云って、詳しく彼に鹿鳴館の舞踏会の思い出を話して聞かせた。青年はこの人自身の口からこう云う思出を聞く事に、多大の興味を感ぜずにはいられなかった。

その話が終った時、青年はH老夫人に何気なくこう云う質問をした。

「奥様はその仏蘭西の海軍将校の名を御存知ではございませんか。」

するとH老夫人は思いがけない返事をした。

「存じて居りますとも。Julien Viaud と仰有る方でございました。」

「では Loti だったのでございますね。あの『お菊夫人』を書いたピエル・ロティだったのでございますね。」

青年は愉快な興奮を感じた。が、H老夫人は不思議そうに青年の顔を見ながら何度もこう呟くばかりであった。

「いいえ、ロティと仰有る方ではございませんよ。ジュリアン・ヴィオと仰有る方でございますよ。」

春雪

久生十蘭（ひさおじゅうらん）

一

四月七日だというのに雪が降った。

同業、東洋陶器の小室（こむろ）幸成の二女が、二世のバイヤーと結婚してアメリカへ行くのだそうで、池田藤吉郎も招かれて式につらなった。式は三越の八階の教会で二十分ばかりですんだが、テート・ホテルで披露式があるというので、そっちへまわった。

会場からほど遠い、脇間（わきま）の椅子に掛け、葉巻をくゆらしながら窓の外を見ると、赤い椿の花のうえに雪がつもり、冬には見られない面白い図になっている。そういえば、柚（ゆず）

子が浸礼を受けた、あの年の四月七日も、霜柱の立つ寒い春だったなどと考えているところへ、伊沢陶園の伊沢忠が寸のつまったモーニングを着こみ、下っ腹を突きだしながらやってきた。

池田や小室とおなじく、伊沢もかつては航空機の機体の下受けをやり、戦中は、命がけで新造機に試乗したりして、はげまし合ってきた仲間だが、戦後、申しあわしたように瀬戸物屋になってしまった。

「いやはや、どうもご苦労さん」

「式には、見えなかったようだな」

「洋式の花嫁姿ってやつは、血圧に悪いんだ。ハラハラするんでねえ」

「それにしては、念のいった着付じゃないか」

「なァに、告別式の帰りなのさ。こっちは一時間ぐらいですむんだろう。久し振りだから、今日は付合ってもらおう。そういえば、ずいぶん逢わなかった。そら柚子さんの……」

いいかけたのを、気がついてやめて、

「それはともかくとして……どうだい、逢わせたいひともあるんだが」

「それは、そのときのことにしよう」

チャイム・ベルが鳴って、みなが席につくと、新郎新婦がホールへ入ってきた。新郎は五尺六七寸もある、日本人にはめずらしく燕尾服が身につく、とんだマグレあたりだが、新婦のほうは、思いきり小柄（こがら）なのに、曳裾（トレーヌ）を長々と曳き、神宮参道をヨチヨチ歩いている七五三の子供の花嫁姿のようで、ふざけているのだとしか思えない。

新郎と新婦がメイーン・テーブルにおさまると、すぐ祝宴がはじまった。新婦は杓子（しゃくし）面（づら）のおツンさんで、欠点をさがしだそうとする満座の眼が、自分に集中しているのを意識しながら、乙（おつ）にすまして、羞（はに）かもうともしない。活人画中の一人になぞらえるにしても、柚子なら、もっと立派にやり終（お）わすだろう、美しさも優しさも段ちがいだと、池田の胸にムラムラと口惜しさがこみあげてきた。

この戦争で、死ななくともいい若い娘がどれだけ死んだか。戦争中だから、まだしもあきらめがよかったともいえるが、いくらあきらめようと思っても、あきらめられないものもあり、是非とも、あきらめなければならないというようなものでもない。死んだものには、もうなんの煩（わずら）いもないのだろうが、生き残ったものの上に残された悲しみや愁いは、そう簡単に消えるものではない。

柚子はそのころ、第X航艦の司令官をしていた兄の末っ子で、母は早く死に、三人の兄はみな海軍で前へ出ていたので、ずうっと寄宿舎にいて、家庭的には、めぐまれない生活だった。

だいたいが屈託しない気質で、あらゆる喜びを受けいれられる人生の花盛りを、しかめッ面で暮し、せっかくの青春を、台なしにしているようにも見えなかったが、それにしても、十七から二十三までの大切な七年間を、戦争に追いまくられてあたふたし、とりわけ最後の二年は、池田の二人の娘を連れて、茨城県の平潟へ疎開し、そこから新潟、また東京と、いつ見ても、ズボンのヒップに泥がついていた。そうしたあげくのはて、過労と栄養失調、風邪から肺炎と、トントン拍子のうまいコースで、ろくすっぽ娘らしい楽しさも味わわず、人生という盃から、ほんの上澄みを飲んだだけで、つまらなくあの世へ行ってしまった。

四月七日の霜柱の立つ寒い朝、滝野川で浸礼を受けた帰り、自分にはいままで幸福というものがなかったが、いま、ささやかな幸福が訪れてくれるらしいというようなことをいった。それが、柚子の人生におけるただ一度のよろこびの言葉であった。

「あれだけが、せめてもの心やりだ」

池田は機械的にスプーンを動かして、生気(せいき)のないポタージュを口に運びながら、つぶやいた。

そのころ、池田の会社では、青梅線の中上(なかがみ)へ、何千とも数えきれない未完成の飛べない飛行機を集め、ローラーですり潰す仕事をやっていた。板塀で囲われた広い原は、見わたすかぎり、残骨累々たる飛行機の墓場で、エンジンにロープを巻きつけ、キャタピラが木の根ッ子でもひき抜くようにして一角へ集めるあとから、山のようなスチーム・ローラーが潰して歩く。どこを押しても、航空機はもう一機も出来ない。戦争はヤマが見えていた。四月五日の空襲の夜、柚子がこんなことをいいだした。

「日本が、いま戦争をしているというのは、ほんとうでしょうか」

日本は戦争をしているが、いまはもう、半ば擬態(ぎたい)にすぎないことを、池田は知っている。現に池田の会社では、飛行機をすり潰すという、意味のない作業を仕事らしく見せかけ、兵隊は、防空壕を掘ったり埋めかえしたりする仕事を、くりかえしているだけだった。

「たしかに戦争をしているんだが、真の意味の戦争ではないようだな。こちらだけが、無際限にやられるというんじゃ、これはもう、なにかべつなことだよ」

「このあいだから、あたしもそんな気がしているの……あたしたち、ミナゴロシになるのね。爆撃で死ぬか、焼け死ぬか、射ち殺されるか……それは覚悟していますけど、無宗教のままで死ぬのが、怖くてたまらないのよ」

兄の細君は、代々、京都のN神社の宮司をしている社家(しゃけ)からきたひとで、柚子の祖母は先帝のお乳(ち)の人(ひと)、伯母は二人とも典侍に上っているという神道(シンドー)イズムのパリパリで、柚子の家の神棚には、八百万の神々のほかに、神格に昇進した一家眷族(けんぞく)の霊位(れいい)が、押せ押せにひしめいているという繁昌ぶりだった。

「無宗教って、お前のところは、たいへんな神道じゃないか。それではいけないのか」

「だって叔父さま、神道は道(みち)……自然哲学のようなもので、宗教じゃないんでしょう」

つまるところ、じぶんの気持にいちばん近いのは基督(キリスト)教だから、大急ぎで洗礼を受けたい。それに立会ってもらいたいということなのだが、兄がいたら、とても、ただでは置くまい。ひょっとしたら、一刀両断にもしかねないところだ。

「えらいことを、いいだしたもんだな」

「あたし、どんなに苦しんだかしれないの。お気に染(そ)まないでしょうけど、柚子、怖がらずに死ねるようにしていただきたいの」

古神道と皇道主義の、狂信的な家庭に育った、柚子のむずかしい加減の立場と悩みは、池田にも、わからないわけはない。世俗的な叔父の立場にしたがえば、もちろん、反対しなければならないところだが、日本自体が無くなりかけているというのに、社家も神道もあるものではない。無宗教で死にたくないという、柚子の希望をかなえてやるほうが、ほんとうだと思った。

柚子が浸礼を受けることにしたのは、道灌山の崖下にある古ぼけた木造の教会で、約束の時間に先方へ行くと、西洋人の白髪の牧師が入口まで出てきて二人を迎えた。達者な日本語で、あなたは、どうぞここでと、池田をベンチへ掛けさせると、柚子を連れて奥のほうへ入って行った。

粗末なベンチが二列に並んだ正面に、低い壇があり、そのうしろが引扉で仕切られている。寒い朝で、堅い木のベンチに掛けていると、しんしんと腰から冷えがあがってきて、チリ毛に鳥肌が立った。

そのうちに、伝道婦らしいのが出てきて、気のないようすでオルガンを奏くと、その音にあわせて、正面の扉のうしろは二坪ほどのコンクリートの水槽になっていて、素膚に薄い白衣を着た牧師と柚子が、胸まで水に漬って立っている。

眼をすえて見ていると、牧師は右の掌を柚子の背中の真中あたりにあて、いきなり、あおのけにおし倒した。柚子の身体は、一瞬、水に隠れて見えなくなったが、ほどなく頭から水をたらし、なにかの絵にあった水の精の出来損いのような、チグハグな表情であらわれてきた。

馬鹿なことをするものだと、池田が腹をたてているうちに、また貧弱なオルガンが鳴って、それで正面の扉が閉まった。

「すみました。ありがとうございました」

柚子は服を着て出て来たが、血の気のない顔をし、歯の根もあわないほど震えている。車が家へ着くまで、充ち足りたような、ぼんやりとした眼つきでなにか考えているようだったが、震えはとまらなかった。

これが肺炎の原因になったことはいうまでもない。その晩から熱をだし、規定どおりのプロセスを経て、四月十三日、夜の十一時四十分、大塚から高円寺まで焼かれた空襲の最中に息をひきとった。死ぬ二日前、洋銀まがいのつまらない指輪を左手の薬指にはめ、これお友達から記念にもらったものですから、死んだら、このままで焼いてくださいといったので、そのとおりにした。

「では、池田さん、どうぞ」

ふと、我にかえると、いつの間にかデザート皿が出ていて、みなの視線がうながすようにこちらへむいている。忘れていた……伊沢の次に弔辞を述べるはずだったと、池田は咄嗟に立ちあがると、眼を伏せたまま、

「小室さんのお嬢さんが、二十三という人生の春のはじめに、この世を見捨てて行かれたということは、惜しみてもあまりあることで、ご両親のご心中……」

と、ねんごろな調子でやりだした。

「池田君、池田君」

伊沢が上着の裾をひっぱる。なんだ、といいながら振返った拍子に、いっぺんに環境を理解した。池田はひっこみがつかなくなったが、さほど、あわてもせず、

「ご当人にとっては、結婚は、新しく生まれることであり、人生における、新しい出発でありますけれども、ご両親にとっては、これで、娘は死んだもの、無くしたもの……そしらぬ顔はしておりますが、娘を嫁にやる親は、みな、いちどはこういう涙の谷を渡って……」

と、むずかしいところへ、むりやりに落しこんだ。

二

伊沢と二人でラウンジまでひきさがったところで、池田は急に疲れてコージイ・コーナーの長椅子へ落ちこんだ。

「名スピーチだったよ。弔辞と祝辞のハギ合せなんてえのは、ちょっとないからな」

「もう、よせ」

「よすことはない。あんなオペシャに、百合の花なんか抱えて、花嫁面をされちゃ、いい娘を戦争で死なせた親たちの立つ瀬がない。ああいう面構えは、眼鏡でもかけて、女学校で生徒を苛めて居りゃいいんだ」

「おれは、他人が美を成すのを喜ばぬほど小人でもないが、きょうの結婚式に出たら、柚子を、もうすこし生かしておきたかったと、口惜しくなった。あれはあれなりに、花の咲かせようもあったろうと思って、ね」

「結婚式という儀式だけのことなら、柚子さんも、やっていたかも知れないぜ」

「なにを馬鹿な」

「すると、君は、なんの感度もなかったんだな」

「感度って、なんのことだ」

「これはたいしたフェア・プレーだ。柚子さんというのは、どうして、なかなかの才女だったんだな」

伊沢の口調の中に、ひとの心に不安を掻きおこすような意地の悪さがある。なんのことだろうと考えているうちに、柚子が死んでから、日記を読んで感じた、あのわからなさが、またしても気持にひっかかってきた。

終戦の前年、七月の末ごろ、次兄の遺品らしい防暑服にスラックスという恰好で、前ぶれもなしに柚子が丸の内の会社へやってきた。

「きょうは、おねがいがあってあがったの。大森の工場で働かせていただきたいと思って」

大森の工場といっているのは、航空機の機体の形材の材料試験をやっている研究所で、女子大の国文科で祝詞を勉強しているような超古典派の出る幕はない。

「働きたかったら、ここで働けばいい」

「事務や庶務なら、正直なところ、気乗りがしないんです」

柚子はながい間、稚い才覚で、自分一人の生活を、設計施工してきたわけで、廿代の娘の手にあまるような、むずかしいことでも軽々とやってのけるが、あまりにまっすぐな積極性が、時には、うるさい感じをおこさせないでもない。またはじまったと思ったが、妙な含み笑いをしていて、いつもの強情とは、どこかちがう。この年頃の自意識の強い娘は、直接、生産面にたずさわりたいなどという表現は、てれ臭くて素直にやれないのだと見てとった。

翌日、早くから工場へやってきたので、主翼工程の管理をしている技師に預け、硬度計(ロックウェル)をあてて形材の硬度を計る、簡単な仕事をやらせていたが、それから一と月ほどしたある朝、柚子のことで、憲兵の訪問を受けた。柚子が毎朝七時ごろ、大森海岸のバスの停留所に、短いときで二十分、長いときで四十分も立っているというのである。

「われわれが注意しはじめてから、雨の日も風の日も、休まずに、もう三週間もつづいているんですがねえ」

柚子は麻布霞町(あざぶかすみちょう)の家から都電で品川まで来て、川崎行のバスに乗るから、当然、大森海岸で降りるわけで、これにはふしぎはないが、四十分もそんなところに立っているというのは尋常でない。尾崎、ゾルゲの事件のあった直後で、うるさい時期でもあった。

翌朝、池田は大森海岸のバスの停留所の近くに車をとめて、窓から見ていると、七時ちょっとすぎに柚子がバスから降りてきた。なるほど携げ袋から岩波の文庫本かなにか出して、立ったまま読んでいる。

ひいき眼ではなく、頭は悪そうではないが、憲兵づれに注目されるまで、毎朝、こんなところで、なにをうつつをぬかしているのかと、ジリジリしていると、まだ涼気の残っている京浜国道を、ギャリソン帽にズボンだけの、ピンクに日灼けした半裸体の俘虜を乗せた大型トラックが二十台ばかり、一列になってやってきた。

毎朝、島の収容所から、日本通運、京浜運河、三菱倉庫、日本製油、鶴見造船などの使役に行く連中で、この界隈を、毎日のように通るので馴れっ子になっているが、山手に住んでいる柚子には、この感覚は斬新らしく、文庫本から顔をあげて、つぎつぎにトラックを眼で追いはじめた。

何台か通りすぎて行ったあと、日本通運のマークを入れたトラックが進んできたが、柚子が立っているあたりまで近づくと側板に腰かけている一人だけ残して、三十人ばかりの俘虜が、申しあわせたようにクルリとむこうへ向いてしまった。

その一人は、どこか弱々しい感じのする、二十四五のノーブルな顔をした若い男で、柚子のほうへ花が開くような微笑をしてみせた。羞かんだような微笑の美しさは、たとえようのないもので、あまり物事に動じない池田の心にさえ、強く迫ってくるような異様な情感を味わわせた。

池田が見たのは、それだけのことだった。寄宿舎でばかり暮していた、世間見ずの廿三(にじゅうさん)の娘が、あれほどの魅力を、やすやすとはねかえせようとは思えないが、だからといって、それ以上のことは、なにが出来るものか。柚子の心のなかに分け入って、そういう情緒は不潔だと、きめつけるつもりなら問題は別だが、形のうえでなら、非難することも、叱ることもできないみょうなぐあいのものである。池田も当惑の気味だったが、用心するに如(し)くはないと思って、窓をあけて呼ぶと、柚子は平静な顔で、車のそばへ寄ってきた。

「ちょっと話があるから、寮へ行こう。会社へは、寮から電話をかけさせるから、かまわない」

寮といっているが、この十年来、メートレスの役をしている、加津(かつ)という女にやらせている待合を、便宜的な名義で保持しているので、そのことは柚子もうすうす知っているらしかった。

二百米(メートル)ほどむこうの島に、俘虜収容所の建物があるので、海沿いの家の二階の窓はみな目隠しをされてしまったが、その家は建上り(たちあがり)が高いから、板塀越しに、バラックの棟を並べた収容所の中庭がのぞける。

「あれが収容所だ」

柚子は、のびあがって見ていたが、

「空襲なんかあったらどこへ逃げるんでしょう」

と、つぶやくようにいった。

「まあ、そこへ坐りなさい。けさ、長いことバスの停留所に立っていたね。おれは車の中から、お前のすることを見ていた。注意してくれたひとがあったので、すこし前から、まいにち見ていた」

柚子は困ったような顔で笑って、

「あたし、ほんとうに馬鹿よ。こんどくらい、よくわかったことはないの。もう、やめますから、お叱りにならないで、ちょうだい」

「馬鹿だった、だけじゃ、わからない。なにをしていたのか、お前の口から、いってごらん」

「ごらんになったでしょう、あの若いひと……はじめてすれちがった日から、あんな眼つきで、あたしを見て行くのよ。癪だから、あのトラックが来るまで、あそこに立っていて、睨みかえしてやるの」

「なんだか、わからない話だな」

「でも、それをしないと、一日中、気になってたまらないの。クシャクシャするんです」

「気になるというのは、好きだということなのか」

「それは、あたしも考えてみたことがあるの。でも、そうではなさそうなんです」

「そんなこと、不自然じゃないか」

「不自然でもなんでも、そうなんです」

そういうと、いきなり畳に両手をついて頭をさげた。

「ごめんなさい。あんなつまらないこと、やめるわ」

いきなり、あやまってしまったりするのは、柚子の性質にないことだ。たしかに駈引(かけひき)をしているにちがいないが、本音(ほんね)を吐かせるところまで捻伏せるつもりなら、こちらも、感情を編みだすところから、やらなくてはならない。のみならず、そういうやりかたは、成功したためしがないのだ。

「やめられるなら、やめたほうがいいね。ついでに、工場のほうも、しばらく、よせ」

「いいかね」

「ええ、そうします」

「明日から千駄ヶ谷へ来なさい。女中より先に起きて、家のことをするんだ。いいかね」

柚子はすこしばかり身の廻りのものを持って池田の家へ移って来た。当座は、沈んだ顔をしていたが、そのうちに、二人の娘を学校へ出してやることから、ベッドに入れる世話まで、かいがいしくやるようになった。若いアメリカ人のことは、忘れてしまったのか、調子はずれな声で、鼻歌をうたったりする。それでも、もしやという懸念から、だしぬけに家へ電話をかけて、不意打ちを食わせたが、いちども留守だったことはなく、夕方、玄関へ出迎えるのは、いつも柚子で、そのうちに、そういう用心も馬鹿らしくなって、ついつい、やめてしまった。

それからしばらくして、女中の口から、柚子が、毎朝、八時ごろに家を出て、夕方、五時ごろ帰ってくるという事情が洩れた。柚子からは、そんなことは一度も聞いていないので、不審をおこして、たずねてみた。

「毎日、どこかへ出て行くそうだが、どんな用があるんだね」

「市川と与野へ、一日がわりに買出しに行っているのよ。そうでもしなければ、とてもやっていけないんですから」

足りないながら、さほど逼迫もしない毎日の食餌のことを考えあわせれば、そういう陰の働きがあったればこそと、思いあたるわけだったが、女中の口の足りなさもさることながら、自分からは、ひとこともいわずにすませておく、柚子の気丈さに、感心するよりも呆れた。

柚子が死んでから、手箱の整理をしていると、手帳式の薄手な日記帳が出てきた。柚子の日記というのは、ふしぎなもので、その日の天気のほか、なにも書いていない。それも、ごく単純に、晴、雨と二つの表現しかない。まれに、曇後晴というのが見えるだけである。

日記は、二月六日にはじまって、翌年の三月で終っているが、池田が記憶している天気と、齟齬しているところが多い。たとえば、九月四日、晴とあるが、その日は朝から土砂降りで、予定した試乗を延期した。十月十二日、雨とあるが、この日は長女の誕生日で、ホテルのグリルで、かたちばかりの晩餐をしたので、よくおぼえている。この日は、一日中、よく晴れていた。

察しるところ、晴とか雨とかいうのは、天気のことでなくて、柚子の心おぼえのようなものだったのだろう。解くべき鍵もないので、疑問のままになっていたが、伊沢の思わせぶりないいまわしを聞いているうちに、ふと、それを思いだした。

三

煤緑の塘松のうえに、わずかばかり消え残った春の雪に陽がさしかけ、濠に鴨が群れて、ゆらゆらに揺れている。

ラウンジの窓から、池田は、さざ波の立つ濠の水の色をながめていたが、伊沢が知っていて、自分の知らない柚子の過去があるらしいと思うと、愉快でなくなった。

柚子が仕足らぬことをたくさん残して、死んだことを口惜しく思う一面に、この世の穢れに染まずに、たとえば春の雪のようにも、清くはかなく消えてしまったことに、人知れぬ満足を感じているわけで、池田の気持の中には、柚子の追憶を、永久に美しいままにしておきたいという、ひそかなねがいも、ないわけではない。

感傷といわれれば、そのとおりにちがいないが、柚子の過去の話が、暗いつまらぬことなら、知らずにすますほうがいい。いまになって興ざめなことを聞いて、幻滅を感じるのでは、やりきれないとも思うが、気持がそちらへ曲りこんでしまった以上、聞かずにすましてしまうというわけにもいかない。

「伊沢君さっき、誰かに逢わせたいといっていたが、それは、どういうひとなんだ」

「カナダから来たマダム・チニーというひとだ。五日ばかり前に東京へ着いて、いまこのホテルにいる」

「バイヤーか」

「バイヤーじゃない。息子の墓を見にきたんだそうだ。君の話をしたら、非常に逢いたがっていたから」

伊沢は池田の顔を見ながら、なにか考えていたが、ひとりでうなずくと、

「そうだな、はっきりさせるほうがいいんだろう……チニー夫人というのは、柚子さんのお姑さんになるはずだったひとなんだ」

「すると、柚子がカナダ人と結婚していたということになるのかね」

「そうだ」

すわり加減の眼の色を見ると、伊沢が冗談をいっているのでも、ふざけているのでもないことがわかる。

「そんな話を、いままでおれに隠していたのは、なぜだ」

「おれはさ、君が知っているのだとばかり思っていた。いいださないのは、触れたくないのだと、邪推していたんだ」

池田は、つとめて平静にしていようと思ったが、ひとりでに息がはずんできた。

「邪推か、よかったね……ともかく、おれはなにも知らないんだから、よく事情を聞かせてもらいたいな。いったい、いつごろのことなんだ」

「終戦の年の四月八日」

「なるほど……浸礼を受けたのは、結婚式の準備だったわけか」

「そのとおり……断わっておくが、柚子さんは、その相手と、ただの一度も、文通したこともなければ、話をしたこともない。もちろん、手を握ったなんてこともない。おそらく、おなじ平面に立ったことさえなかったろう。最初に、これだけのことを、頭にいれておいてもらわないと困るんだ」

「相手はいったい何者だい」

「ロバート・チニー……フランス系のカナダ人、香港で捕虜になって、こっちへ送られてきた。君はいちど顔を見ているはずだと、柚子さんがいっていたがね」

あの朝、京浜国道をトラックに乗ってやってきた男なんだろうと、池田にも、すぐ察しがついた。

「心あたりはある。しかし、君はどうしてそんなことを知っているんだ」

「柚子さんが、なにもかも、うちあけた」

「柚子が君のところへ行ったのは、どういうわけなんだい」

「ロバート君は、いぜん、うちの工場へ使役に来ていたことがある。やはり俘虜なんだが、隊付牧師（チャプレン）のハンプ君というのと、二人をひっぱって材料をとりに行ったことがある。柚子さんは、それをどこかで見ていたのだろうが、よくよく困ったとみえて、おれのところへ相談にきた。このあいだいっしょに工場から出て行ったあの若いひとは、もう島の収容所にいないようだが、どこへ行ったか探す方法はないだろうか……話をきいてみると、ロバート君が横浜へ荷役（にやく）に行っていた間、たがいにチラと眼を見あわせたいだけのために、半年近くも、毎朝、山下橋の袂に立っていたというんだ」

伊沢は火をつけたばかりの葉巻を、灰皿のうえに投げだすように置くと、

「柚子さんは、トラックに乗ってくる名も国籍も知れない男に惚れて、惚れて惚れて、仕方がなくなって、理でも非でもかまわない、敵であろうが味方であろうが、情（じょう）のいたるところ、いかんとも忍びがたし……さぁ、どうでもしろというわけで、意気込みとき

たら、すばらしいもんだった……戦争をしている国の国民の一人として、心の貞潔(ていけつ)はなくしてしまったが、死んでもリミットだけは守る。手紙もいらない、話もしたくない。見るだけでいいのだから、なんとかしてくれというんだな……ご承知のように、東京俘虜収容所には、分所といって、日立と長野と新潟に支店のようなものがある。うちの工場へ派遣所長になってきていた、依田という軍属に調べてもらったら、ロバート君は日立の分所へやられたことがわかったから、おしえてあげた」

「そんな役までしたのか」

「なんと言われようと、ロバート君の居どころを教えたのはおれなんだ。柚子さんは、毎日、汽車で平潟から日立へ通っていたらしいが、ロバート君は、そこからまた新潟の分所へやられ、そこで病気になって、東京へ帰ってきた」

終戦の前の年の十月、二人の娘を疎開させせなければならないと思いつつ、手がまわりかねていると、柚子は自分で奔走して、友達の郷里(きょうり)の、茨城県の平潟という町へ疎開させることにきめた。転校の手続きまでテキパキとやってのけ、娘達の着換えや学用品をつめたリュックを背負うと、じゃ、まいりますから、ごきげんよろしゅう、と二人の従妹の手をひいて、サッサと上野から発って行った。

柚子は、娘達が土地馴れたら、帰ることになっていたが、一月の中頃、ぜひ見てあげなければならない病気の友達があって、いま新潟に来ているという便りをよこしたが、三月のはじめごろ、ひどく憔れて東京へ帰ってきた。

「それで、そのロバートというひとは？」

「聖路加病院で死んだ……死ぬすこし前、隊付牧師のハンプ君が工場へ訪ねてきた。ハンプ君は大きな怪我をして俘虜満期になり、そのころ、赤十字連盟と収容所の連絡係のようなことをやっていたんだ……用件というのは、ロバートのことなんだが、ロバートは結婚してから死にたいという。お嬢さんの意志をたしかめたら、よろしいということになったが、基督教には、代理結婚という形式があるのだから、おれに柚子さんの代理をしてくれということなんだ。むずかしい問題だが、考えたすえ、よろしいと返事してやった」

「平気な顔で、おれにそんなことが言えるな」

伊沢は膝に手を置いたまま、

「なぜいけない？　いったい、あれはどういう時期だった？　まさか、こんなざまで降伏するとは思わない。最後の洞穴に立て籠って、一人になるまでやるほかないだろうといいあったことを、君も忘れはしまい。なんだろうと、好きだったら結婚するがよかろう。

のみならず、さっきもいったように、あの二人は、話はおろか、指先にさえ触っていないんだ。このみじめな敗戦のさ中に、そういう結婚があったら、美しかろうと思ったのさ」

柚子の日記帳の「晴」というのは、その日、ロバートに逢えたというメモなのだろう。曇後晴というのは、長い間待ったあとで、ようやく顔を見た日の記録である。

そのころの柚子の生活は、晴と雨のほか、なにものも容れる余地のないほど、充足した日日だったらしい。上澄(うわず)みどころか、人生という盃から、柚子は滓(おり)も淀(よど)みも、みな飲みほし、幸福な感情に包まれて死んだことがわかり、心に秘密を持っている娘というものは、どれほど忍耐強く、また、どれほど機略に富むものか、つくづくと思い知らされた。

池田は、むずかしい顔を崩さずにいった。

「これだけ鮮かにやられれば、腹もたたないよ。それで、結婚式は、どんなふうだったんだ」

「形材(プロフィール)のエレクトロンで、指輪を二つこしらえて、病院へ行った。ハンプ君の仲介で指輪を交換して、その指輪を柚子さんにやった」

「それは、どうもご苦労さま。たいへんだったでしょう」

ボーイにチニー夫人の都合を聞かせにやると、お待ちしているという返事だったので、二人はエレヴェーターで三階へ行った。

明るい窓際の机の上に写真立が載っている。いつかの青年と柚子が枠の中にべつべつにおさまって笑っていた。

奥の間へつづく扉が開いて、六十歳ぐらいに見える、やさしげな眼差をした白髪の婦人が、銀の握りのついた黒檀の杖を突きながら、そろそろと出てきた。

伊沢が池田を紹介すると、池田は、わざと日本語で、

「このたびは、ふしぎなご縁で」と丁寧に挨拶した。

伊沢が通訳するのを、老人は首をかしげながら聞いていたが、ふしぎ、ふしぎ、と味わうようにいくども口の中でくりかえしてから、

「おう、そうです」

と池田のほうへ手を伸ばした。

この手は、柚子が生きていたら、どんなにかよろこんで握るはずの手だった。そのときの柚子の顔を想像すると、気持まではっきりと伝わってくるようで、なかなか離しがたい思いがするのだった。

春は馬車に乗って

横光利一

海浜の松が凩に鳴り始めた。庭の片隅で一叢の小さなダリヤが縮んでいった。

彼は妻の寝ている寝台の傍から、泉水の中の鈍い亀の姿を眺めていた。亀が泳ぐと、水面から輝り返された明るい水影が、乾いた石の上で揺れていた。

「まアね、あなた、あの松の葉がこの頃それは綺麗に光るのよ」と妻は云った。

「お前は松の木を見ていたんだな」

「ええ」

「俺は亀を見てたんだ」

二人はまたそのまま黙り出そうとした。

「お前はそこで長い間寝ていて、お前の感想は、たった松の葉が美しく光ると云うことだけなのか」

「ええ。だって、あたし、もう何も考えないことにしているの」

「人間は何も考えないで寝ていられる筈がない」

「そりゃ考えることは考えるわ。あたし、早くよくなって、シャッシャッと井戸で洗濯したくってならないの」

「洗濯がしたい？」

彼はこの意想外の妻の慾望に笑い出した。

「お前はおかしな奴だね。俺に長い間苦労をかけておいて、洗濯がしたいとは変った奴だ」

「でも、あんなに丈夫な時が羨ましいの。あなたは不幸な方だわね」

「うむ」と彼は云った。

彼は妻を貰うまでの四五年に渡る彼女の家庭との長い争闘を考えた。それから妻と結婚してから、母と妻との間に挟まれた二年間の苦痛な時間を考えた。彼は母が死に、妻と二人になると、急に妻が胸の病気で寝て了(しま)ったこの一年間の艱難(かんなん)を思い出した。

「なるほど、俺ももう洗濯がしたくなった」

「あたし、いま死んだってもういいわ。だけどね、あたし、あなたにもっと恩を返してから死にたいの。この頃あたし、それぱっかり苦になって」

「俺に恩を返すって、どんなことをするんだね」

「そりゃ、あたし、あなたを大切にして、……」

「それから」

「もっといろいろすることがあるわ」

——しかし、もうこの女は助からない、と彼は思った。

「俺はそう云うことは、どうだっていいんだ。ただ俺は、そうだね。俺は、ただ、ドイツのミュンヘンあたりへいっぺん行って、それも、雨の降っている所じゃなくちゃ行く気がしない」

「あたしも行きたい」と妻は云うと、急に寝台の上で腹を波のようにうねらせた。

「お前は絶対安静だ」

「いや、いや、あたし、歩きたい。起してよ、ね、ね」

「駄目だ」

「あたし、死んだっていいから」

「死んだって、始まらない」

「いいわよ、いいわよ」

「まア、じっとしてるんだ。それから、一生の仕事に、松の葉がどんなに美しく光るかって云う形容詞を、たった一つ考え出すのだね」

妻は黙って了った。彼は妻の気持ちを転換さすために、柔らかな話題を選択しようとして立ち上った。

海では午後の波が遠く岩にあたって散っていた。一艘の舟が傾きながら鋭い岬の尖端を廻っていった。渚では逆巻く濃藍色の背景の上で、子供が二人湯気の立った芋を持って紙屑のように坐っていた。

彼は自分に向って次ぎ次ぎに来る苦痛の波を避けようと思ったことはまだなかった。このそれぞれに質を違えて襲って来る苦痛の波の原因は、自分の肉体の存在の最初に於て働いていたように思われたからである。彼は苦痛を、たとえば砂糖を甜める舌のように、あらゆる感覚の眼を光らせて吟味しながら甜め尽してやろうと決心した。そうして最後に、どの味が美味かったか。——俺の身体は一本のフラスコだ。何ものよりも、先ず透明でなければならぬ。と、彼は考えた。

ダリヤの茎が干枯びた縄のように地の上でむすぼれ出した。潮風が水平線の上から終日吹きつけて来て冬になった。

彼は砂風の巻き上る中を、一日に二度ずつ妻の食べたがる新鮮な鳥の臓物を捜しに出かけて行った。彼は海岸町の鳥屋という鳥屋を片端から訪ねていって、そこの黄色い俎の上から一応庭の中を眺め廻してから訊くのである。

「臓物はないか、臓物は」

彼は運好く瑪瑙のような臓物を氷の中から出されると、勇敢な足どりで家に帰って妻の枕元に並べるのだ。

「この曲玉のようなのは鳩の腎臓だ。この光沢のある肝臓は、これは家鴨の生胆だ。これはまるで、噛み切った一片の唇のようで、この小さな青い卵は、これは崑崙山の翡翠のようで」

すると、彼の饒舌に煽動させられた彼の妻は、最初の接吻を迫るように、華やかに床の中で食慾のために身悶えした。彼は惨酷に臓物を奪い上げると、直ぐ鍋の中へ投げ込んで了うのが常であった。

　妻は檻のような寝台の格子の中から、微笑しながら絶えず湧き立つ鍋の中を眺めていた。

「お前をここから見ていると、実に不思議な獣だね」と彼は云った。

「まア、獣だって。あたし、これでも奥さんよ」

「うむ、臓物を食べたがっている檻の中の奥さんだ。お前は、いつの場合に於ても、どこか、ほのかに惨忍性を湛えている」

「それはあなたよ。あなたは理智的で、惨忍性をもっていて、いつでも私の傍から離れたがろうとばかり考えていらしって」

「それは、檻の中の理論である」

　彼は彼の額に煙り出す片影のような皺さえも、敏感に見逃さない妻の感覚を誤魔化すために、この頃いつもこの結論を用意していなければならなかった。それでも時には、妻の理論は急激に傾きながら、彼の急所を突き通して旋廻することが度々あった。

「実際、俺はお前の傍に坐っているのは、そりゃいやだ。肺病と云うものは、決して幸福なものではないからだ」

彼はそう直接妻に向って逆襲することがあった。

「そうではないか。俺はお前から離れたとしても、この庭をぐるぐる廻っているだけだ。俺はいつでも、お前の寝ている寝台から綱をつけられていて、その綱の画(えが)く円周の中で廻っているより仕方がない。これは憐(あわ)れな状態である以外の、何物でもないではないか」

「あなたは、あなたは、遊びたいからよ」と妻は口惜(くや)しそうに云った。

「お前は遊びたかないのかね」

「あなたは、他の女の方と遊びたいのよ」

「しかし、そう云うことを云い出して、もし、そうだったらどうするんだ」

そこで、妻が泣き出して了うのが例であった。彼は、はッとして、また逆に理論を極めて物柔らかに解きほぐして行かねばならなかった。

「なるほど、俺は、朝から晩まで、お前の枕元にいなければならないと云うのはいやなのだ。それで俺は、一刻も早く、お前をよくしてやるために、こうしてぐるぐる同じ庭の中を廻っているのではないか。これには俺とて一通りのことじゃないさ」

「それはあなたのためだからよ。私のことを、一寸(ちょっと)もよく思ってして下さるんじゃないんだわ」

　彼はここまで妻から肉迫されて来ると、当然彼女の檻の中の理論にとりひしがれた。

だが、果して、自分は自分のためにのみ、この苦痛を噛み殺しているのだろうか。

「それはそうだ、俺はお前の云うように、俺のために何事も忍耐しているのにちがいない。しかしだ、俺が俺のために忍耐していると云うことは、一体誰故にこんなことをしていなければならないんだ。俺はお前さえいなければ、こんな馬鹿な動物園の真似はしていたくないんだ。そこをしていると云うのは、誰のためだ。お前以外の俺のためだとでも云うのか、馬鹿馬鹿しい」

　こう云う夜になると、妻の熱は定(きま)って九度近くまで昇り出した。彼は一本の理論を鮮明にしたために、氷嚢(ひょうのう)の口を、開けたり閉めたり、夜通ししなければならなかった。

　しかし、なお彼は自分の休息する理由の説明を明瞭(めいりょう)にするために、この懲りるべき理由の整理を、殆(ほとん)ど日日し続けなければならなかった。彼は食うためと、病人を養うためとに別室で仕事をした。すると、彼女は、また檻の中の理論を持ち出して彼を攻めたてて来るのである。

「あなたは、私の傍をどうしてそう離れたいんでしょう。今日はたった三度よりこの部屋へ来て下さらないんですもの。分っていてよ。あなたは、そう云う人なんですもの」

「お前と云う奴は、俺がどうすればいいと云うんだ。俺は、お前の病気をよくするために、薬と食物とを買わなければならないんだ。誰がじっとしていて金をくれる奴があるものか。お前は俺に手品でも使えと云うんだね」

「だって、仕事なら、ここでも出来るでしょう」と妻は云った。

「いや、ここでは出来ない。俺はほんの少しでも、お前のことを忘れているときでなければ出来ないんだ」

「そりゃそうですわ。あなたは、二十四時間仕事のことより何も考えない人なんですもの、あたしなんか、どうだっていいんですわ」

「お前の敵は俺の仕事だ。しかし、お前の敵は、実は絶えずお前を助けているんだよ」

「あたし、淋しいの」

「いずれ、誰だって淋しいにちがいない」

「あなたはいいわ。仕事があるんですもの。あたしは何もないんだわ」

「捜せばいいじゃないか」

「あたしは、あなた以外に捜せないんです。あたしは、じっと天井を見て寝てばかりいるんです」

「もう、そこらでやめてくれ。どっちも淋しいとしておこう。俺には締切りがある。今日書き上げないと、向うがどんなに困るかしれないんだ」

「どうせ、あなたはそうよ。あたしより、締切りの方が大切なんですから」

「いや、締切りと云うことは、相手のいかなる事情をも退けると云う張り札なんだ。俺はこの張り札を見て引き受けて了った以上、自分の事情なんか考えてはいられない」

「そうよ、あなたはそれほど理智的なのよ。いつでもそうなの、あたしそう云う理智的な人は、大嫌い」

「お前は俺の家の者である以上、他から来た張り札に対しては、俺と同じ責任を持たなければならないんだ」

「そんなもの、引き受けなければいいじゃありませんか」

「しかし、俺とお前の生活はどうなるんだ」

「あたし、あなたがそんなに冷淡になる位なら、死んだ方がいいの」

すると、彼は黙って庭へ飛び降りて深呼吸をした。それから、彼はまた風呂敷を持って、その日の臓物を買いにこっそりと町の中へ出かけていった。

しかし、この彼女の「檻の中の理論」は、その檻に繋がれて廻っている彼の理論を、絶えず全身的な興奮をもって、殆ど間髪の隙間をさえも洩(も)らさずに追っ駈けて来るのである。このため彼女は、彼女の檻の中で製造する病的な理論の鋭利さのために、自身の肺の組織を日々加速度的に破壊していった。

彼女のかつての円く張った滑らかな足と手は、竹のように痩せて来た。胸は叩けば、軽い張子のような音を立てた。そうして、彼女は彼女の好きな鳥の臓物さえも、もう振り向きもしなくなった。

彼は彼女の食慾をすすめるために、海からとれた新鮮な魚の数々を縁側に並べて説明した。

「これは鮟鱇(あんこう)で踊り疲れた海のピエロ。これは海老(えび)で車海老、海老は甲冑(かっちゅう)をつけて倒れた海の武者。この鰺(あじ)は暴風で吹きあげられた木の葉である」

「あたし、それより聖書を読んでほしい」と彼女は云った。

彼はポウロのように魚を持ったまま、不吉な予感に打たれて妻の顔を見た。

「あたし、もう何も食べたかないの、あたし、一日に一度ずつ聖書を読んで貰いたいの」

そこで、彼は仕方なくその日から汚(よご)れたバイブルを取り出して読むことにした。

「エホバよわが祈りをききたまえ。願くばわが号呼（さけび）の声の御前にいたらんことを。わが窮苦（なやみ）の日、み顔を蔽（おお）いたもうなかれ。なんじの耳をわれに傾け、我が呼ぶ日にすみやかに我にこたえたまえ。わがもろもろの日は煙のごとく消え、わが骨は焚木（たきぎ）のごとく焚（やか）るるなり。わが心は草のごとく撃（うた）れてしおれたり。われ糧（かて）をくらうを忘れしによる」

　しかし、不吉なことはまた続いた。或る日、暴風の夜が開けた翌日、庭の池の中からあの鈍い亀が逃げて了っていた。

　彼は妻の病勢がすすむにつれて、彼女の寝室の傍からますます離れることが出来なくなった。彼女の口から、痰（たん）が一分毎に出始めた。彼女は自分でそれをとることが出来ない以上、彼がとってやるよりとるものがなかった。また彼女は激しい腹痛を訴え出した。咳（せき）の大きな発作が、昼夜を分（わか）たず五回ほど突発した。その度に、彼女は自分の胸を引っ掻（か）き廻して苦しんだ。彼は病人とは反対に落ちつかなければならないと考えた。しかし、彼女は、彼が冷静になればなるほど、その苦悶の最中に咳を続けながら彼を罵（ののし）った。

「人の苦しんでいるときに、あなたは、あなたは、他のことを考えて」

「まア、静まれ、いま呶鳴（どな）っちゃ」

「あなたが、落ちついているから、憎らしいのよ」

「俺が、いま狼狽(あわ)てては」

「やかましい」

彼女は彼の持っている紙をひったくると、自分の痰を横なぐりに拭きとって彼に投げつけた。

彼は片手で彼女の全身から流れ出す汗を所を撰(えら)ばず拭きながら、片手で彼女の口から咳出す痰を絶えず拭きとっていなければならなかった。彼の蹲(しゃが)んだ腰はしびれて来た。彼女は苦しまぎれに、天井を睨んだまま、両手を振って彼の胸を叩き出した。汗を拭きとる彼のタオルが、彼女の寝巻にひっかかった。すると、彼女は、蒲団を蹴りつけ、身体をばたばた波打たせて起き上ろうとした。

「駄目だ、駄目だ。動いちゃ」

「苦しい、苦しい」

「落ちつけ」

「苦しい」

「やられるぞ」

「うるさい」

彼は楯のように打たれながら、彼女のざらざらした胸を撫で擦った。

しかし、彼はこの苦痛な頂天に於てさえ、妻の健康な時に彼女から与えられた自分の嫉妬の苦しみよりも、寧ろ数段の柔かさがあると思った。してみると彼は、妻の健康の肉体よりも、この腐った肺臓を持ち出した彼女の病体の方が、自分にとってはより幸福を与えられていると云うことに気がついた。

――これは新鮮だ。俺はもうこの新鮮な解釈によりすがっているより仕方がない。

彼はこの解釈を思い出す度に、海を眺めながら、突然あはあはと大きな声で笑い出した。

すると、妻はまた、檻の中の理論を引き摺り出して苦々しそうに彼を見た。

「いいわ、あたし、あなたが何ぜ笑ったのかちゃんと知ってるんですもの」

「いや、俺はお前がよくなって、洋装をしたがって、ぴんぴんはしゃがれるよりは、静に寝ていられる方がどんなに有り難いかしれないいんだ。第一、お前はそうしていると、蒼ざめていて気品がある。まア、ゆっくり寝ていてくれ」

「あなたは、そう云う人なんだから」

「そう云う人なればこそ、有り難がって看病が出来るのだ」

「看病看病って、あなたは二言目には看病を持ち出すのね」

「これは俺の誇りだよ」

「あたし、こんな看病なら、して欲しかないの」

「ところが、俺がたとえば三分間向うの部屋へ行っていたとする。すると、お前は三日も抛ったらかされたように云うではないか、さア、何とか返答してくれ」

「あたしは、何も文句を云わずに、看病がして貰いたいの。いやな顔をされたり、うるさがられたりして看病されたって、ちっとも有り難いと思わないわ」

「しかし、看病と云うのは、本来うるさい性質のものとして出来上っているんだぜ」

「そりゃ分っているわ。そこをあたし、黙ってして貰いたいの」

「そうだ、まア、お前の看病をするためには、一族郎党を引きつれて来ておいて、金を百万円ほど積みあげて、それから、博士を十人ほどと、看護婦を百人ほどと」

「あたしは、そんなことなんかして貰いたかないの、あたし、あなた一人にして貰いたいの」

「つまり、俺が一人で、十人の博士の真似と、百人の看護婦と、百万円の頭取の真似をしろって云うんだね」

「あたし、そんなことなんか云ってやしない。あたし、あなたにじっと傍にいて貰えば安心出来るの」

「そら見ろ、だから、少々は俺の顔が顰（ゆが）んだり、文句を云ったりする位は我慢をしろ」

「あたし、死んだら、あなたを怨んで怨んで怨んで、そして、死ぬの」

「それ位のことなら、平気だね」

妻は黙って了った。しかし、妻はまだ何か彼に斬りつけたくてならないように、黙って必死に頭を研ぎ澄しているのを彼は感じた。

しかし彼は、彼女の病勢を進ます彼自身の仕事と生活のことも考えねばならなかった。だが、彼は妻の看病と睡眠の不足から、だんだんと疲れて来た。彼が疲れれば疲れるほど、彼の仕事が出来なくなるのは分っていた。彼の仕事が出来なければ出来ないほど、彼の生活が困り出すのも定（きま）っていた。それにも拘（かかわ）らず、昂進（こうしん）して来る病人の費用は、彼の生活の困り出すのに比例して増して来るのは明（あきら）かなことであった。しかも、なお、いかなることがあろうとも、彼がますます疲労して行くことだけは事実である。

――それなら俺は、どうすれば良いのか。

――もうここらで俺もやられたい。そうしたら、俺は、なに不足なく死んでみせる。

彼はそう思うことも時々あった。しかし、また彼は、この生活の難局をいかにして切り抜けるか、その自分の手腕を一度はっきり見たくもあった。彼は夜中起されて妻の痛む腹を擦りながら、

「なお、憂きことの積れかし、なお憂きことの積れかし」

と呟くのが癖になった。ふと彼はそう云う時、茫々とした青い羅紗の上を、撞かれた球がひとり飄々として転がって行くのが目に浮んだ。

――あれは俺の玉だ、しかし、あの俺の玉を、誰がこんなに出鱈目に突いたのか。

「あなた、もっと、強く擦ってよ、あなたは、どうしてそう面倒臭がりになったのでしょう。もとはそうじゃなかったわ。もっと親切に、あたしのお腹を擦って下さったわ。それだのに、この頃は、ああ痛、ああ痛」と彼女は云った。

「俺もだんだん疲れて来た。もう直ぐ、俺も参るだろう。そうしたら、二人がここで呑気に寝転んでいようじゃないか」

すると、彼女は急に静になって、床の下から鳴き出した虫のような憐れな声で呟いた。

「あたし、もうあなたにさんざ我ままを云ったわね。もうあたし、これでいつ死んだっていいわ。あたし満足よ。あなた、もう寝て頂戴な。あたし我慢をしているから」

彼はそう云われると、不覚にも涙が出て来て、撫でている腹の手を休める気がしなくなった。

庭の芝生が冬の潮風に枯れて来た。硝子戸は終日辻馬車の扉のようにがたがたと慄えていた。もう彼は家の前に、大きな海のひかえているのを長い間忘れていた。

或る日彼は医者の所へ妻の薬を貰いに行った。

「そうそう。もっと前からあなたに云おう云おうと思っていたんですが」

と医者は云った。

「あなたの奥さんは、もう駄目ですよ」

「はア」

彼は自分の顔がだんだん蒼ざめて行くのをはっきりと感じた。

「もう左の肺がありませんし、それに右も、もう余程進んでおります」

彼は海浜に添って、車に揺られながら荷物のように帰って来た。晴れ渡った明るい海が、彼の顔の前で死をかくまっている単調な幕のように、だらりとしていた。彼はもうこのまま、いつまでも妻を見たくはないと思った。もし見なければ、いつまでも妻が生きているのを感じていられるにちがいないのだ。

彼は帰ると直ぐ自分の部屋へ這入(はい)った。そこで彼は、どうすれば妻の顔を見なくて済まされるかを考えた。彼はそれから庭へ出ると芝生の上へ寝転んだ。身体が重くぐったりと疲れていた。涙が力なく流れて来ると彼は枯れた芝生の葉を丹念にむしっていた。

「死とは何だ」

ただ見えなくなるだけだ、と彼は思った。暫くして、彼は乱れた心を整えて妻の病室へ這入っていった。

妻は黙って彼の顔を見詰めていた。

「何か冬の花でもいらないか」

「あなた、泣いていたのね」と妻は云った。

「いや」

「そうよ」

「泣く理由がないじゃないか」

「もう分っていてよ。お医者さんが何か云ったのね」

妻はそうひとり定めてかかると、別に悲しそうな顔もせず黙って天井を眺め出した。

彼は妻の枕元の籐椅子(とういす)に腰を下ろすと、彼女の顔を更(あらた)めて見覚えて置くようにじっと見た。

——もう直ぐ、二人の間の扉は閉められるのだ。

——しかし、彼女も俺も、もうどちらもお互に与えるものは与えて了った。今は残っているものは何物もない。

その日から、彼は彼女の云うままに機械のように動き出した。そうして、彼は、それが彼女に与える最後の餞別だと思っていた。

或る日、妻はひどく苦しんだ後で彼に云った。

「ね、あなた、今度モルヒネを買って来てよ」

「どうするんだね」

「あたし、飲むの。モルヒネを飲むと、もう眼が醒めずにこのままずっと眠って了うんですって」

「つまり、死ぬことかい?」

「ええ、あたし、死ぬことなんか一寸も恐かないいわ。もう死んだら、どんなにいいかしれないわ」

「お前も、いつの間にか豪くなったものだね。そこまで行けば、もう人間もいつ死んだって大丈夫だ」

「でも、あたしね、あなたに済まないと思うのよ。あなたを苦しめてばかりいたんですもの。御免なさいな」

「うむ」と彼は云った。

「あたし、あなたのお心はそりゃよく分っているの。だけど、あたし、こんなに我ままを云ったのも、あたしが云うんじゃないわ。病気が云わすんだから」

「そうだ。病気だ」

「あたしね、もう遺言も何も書いてあるの。だけど、今は見せないわ。あたしの床の下にあるから、死んだら見て頂戴」

彼は黙って了った。——事実は悲しむべきことなのだ。それに、まだ悲しむべきことを云うのは、やめて貰いたいと彼は思った。


花壇の石の傍で、ダリヤの球根が掘り出されたまま霜に腐っていった。亀に代ってどこからか来た野の猫が、彼の空いた書斎の中をのびやかに歩き出した。妻は殆ど終日苦しさのために何も云わずに黙っていた。彼女は絶えず、水平線を狙って海面に突出している遠くの光った岬ばかりを眺めていた。

彼は妻の傍で、彼女に課せられた聖書を時々読み上げた。

「エホバよ、願くば忿恚をもて我をせめ、烈しき怒りをもて我を懲らしめたもうなかれ。エホバよ、われを憐れみたまえ、われ萎み衰うなり。エホバよわれを医したまえ、わが骨わななき震う。わが霊魂さえも甚くふるいわななく。エホバよ、かくて幾その時をへたもうや。死にありては汝を思い出ずることもなし」

彼は妻の啜り泣くのを聞いた。彼は聖書を読むのをやめて妻を見た。

「お前は、今何を考えていたんだね」

「あたしの骨はどこへ行くんでしょう。あたし、それが気になるの」

――彼女の心は、今、自分の骨を気にしている。――彼は答えることが出来なかった。

――もう駄目だ。

彼は頭を垂れるように心を垂れた。すると、妻の眼から涙が一層激しく流れて来た。

「どうしたんだ」

「あたしの骨の行き場がないんだわ。あたし、どうすればいいんでしょう」

彼は答えの代りにまた聖書を急いで読み上げた。

「神よ、願くば我を救い給え。大水ながれ来りて我たましいにまで及べり。われ立止なき深き泥の中に沈めり。われ深水におちいる。おお水わが上を溢れ過ぐ。われ歎きによりて疲れたり。わが喉はかわき、わが目はわが神を待ちわびて衰えぬ」

彼と妻とは、もう萎れた一対の茎のように、日日黙って並んでいた。しかし、今は、二人は完全に死の準備をして了った。もう何事が起ろうとも恐がるものはなくなった。そうして、彼の暗く落ちついた家の中では、山から運ばれて来る水甕の水が、いつも静まった心のように清らかに満ちていた。

彼の妻の眠っている朝は、朝毎に、海面から頭を擡げる新しい陸地の上を素足で歩いた。前夜満潮に打ち上げられた海草は冷たく彼の足にからまりついた。時には、風に吹かれたようにさ迷い出て来た海辺の童児が、生々しい緑の海苔に辷りながら岩角をよじ登っていた。

海面にはだんだん白帆が増していった。海際の白い道が日増しに賑やかになって来た。

或る日、彼の所へ、知人から思わぬスイートピーの花束が岬を廻って届けられた。

長らく寒風にさびれ続けた彼の家の中に、初めて早春が匂(にお)やかに訪れて来たのである。

彼は花粉にまみれた手で花束を捧(ささ)げるように持ちながら、妻の部屋へ這入っていった。

「とうとう、春がやって来た」

「まア、綺麗だわね」と妻は云うと、頬笑みながら痩せ衰えた手を花の方へ差し出した。

「これは実に綺麗じゃないか」

「どこから来たの」

「この花は馬車に乗って、海の岸を真っ先きに春を撒き撒きやって来たのさ」

妻は彼から花束を受けると両手で胸いっぱいに抱きしめた。そうして、彼女はその明るい花束の中へ蒼ざめた顔を埋めると、恍惚として眼を閉じた。

恋愛論

坂口安吾

恋愛とはいかなるものか、私はよく知らない。そのいかなるものであるかを、一生の文学に探しつづけているようなものなのだから。

誰しも恋というものに突きあたる。あるいは突きあたらずに結婚する人もあるかもしれない。やがてしかし良人（おっと）を妻を愛す。あるいは生れた子供を愛す。家庭そのものを愛す。金を愛す。着物を愛す。

私はフザけているのではない。

日本語では、恋と、愛という語がある。いくらかニュアンスがちがうようだ。あるいは二つをずいぶん違ったように解したり感じたりしている人もあるだろう。外国では（私の知るヨーロッパの二三の国では）愛も恋も同じで、人を愛すという同じ言葉で物を愛すという。日本では、人を愛し、人を恋しもするが、通例物を恋すとはいわない。まれに、そういう時は、愛すと違った意味、もう少し強烈な、狂的な力がこめられているような感じである。

もっとも、恋す、という語には、いまだ所有せざるものに思いこがれるようなニュアンスもあり、愛すというと、もっと落ちついて、静かで、澄んでいて、すでに所有したものを、いつくしむような感じもある。だから恋すという語には、もとめるはげしさ、狂的な祈願がこめられているような趣きでもある。私は辞書をしらべたわけではないのだが、しかし、恋と愛の二語に歴史的な、区別され限定された意味、ニュアンスが明確に規定されているようには思われぬ。

昔、切支丹（キリシタン）が初めて日本に渡来したころ、この愛という語で非常に苦労したという話がある。あちらでは愛すは好むで、人を愛す、物を愛す、みな一様に好むという平凡な語が一つあるだけだ。ところが、日本の武士道では、不義はお家の御法度で、色恋というと、すぐ不義とくる。恋愛はよこしまなものにきめられていて、清純な意味が愛の一字にふくまれておらぬのである。切支丹は愛を説く。神の愛、キリストの愛、けれども愛は不義につらなるニュアンスが強いのだから、この訳語に困惑したので、苦心のあげくに発明したのが、大切という言葉だ。すなわち「神のご大切(デウス)」「キリシトのご大切」と称し、余は汝を愛す、というのを、余は汝を大切に思う、と訳したのである。

実際、今日われわれの日常の慣用においても、愛とか恋は何となく板につかない言葉の一つで、僕はあなたを愛します、などというと、舞台の上でウワの空にしゃべっているような、われわれの生活の地盤に密着しない空々しさが感じられる。愛す、というのは何となくキザだ。そこで、僕はあなたがすきだ、という。この方がホンモノらしい重量があるような気がするから、要するに英語のラヴと同じ結果になるようだが、しかし、日本語のすきだ、だけでは力不足の感があり、チョコレートなみにしかすきでないような物たりなさがあるから、しかたなしに、とてもすきなんだ、と力むことになる。

日本の言葉は明治以来、外来文化に合わせて間に合わせた言葉が多いせいか、言葉の意味と、それがわれわれの日常に慣用される言葉のイノチがまちまちであったり、同義語が多様でその各々に靄(もや)がかかっているような境界線の不明確な言葉が多い。これを称して言葉の国というべきか、われわれの文化がそこから御利益を受けているか、私は大いに疑っている。

惚れたというと下品になる、愛すというといくらか上品な気がする。下品な恋、上品な恋、あるいは実際いろいろの恋があるのだろうから、惚れた、愛した、こう使いわけて、たった一字の動詞で簡単明瞭に区別がついて、日本語は便利のようだが、しかし、私はあべこべの不安を感じる。すなわち、たった一語の使いわけによって、いともあざやかに区別をつけてそれですましてしまうだけ、物自体の深い機微、独特な個性的な諸表象を見のがしてしまう。言葉にたよりすぎ、言葉にまかせすぎ、物自体に即して正確な表現を考え、つまりわれわれの言葉は物自体を知るための道具だという、考え方、観察の本質的な態度をおろそかにしてしまう。要するに、日本語の多様性は雰囲気的でありすぎ、したがって、日本人の心情の訓練をも雰囲気的にしている。われわれの多様な言葉はこれをあやつるにきわめて自在豊饒な心情的沃野(よくや)を感じさせてたのもしい限りのようだが、実はわれわれはそのおかげで、わかったようなわからぬような、万事雰囲気ですまして卒業したような気持になっているだけの、原始詩人の言論の自由に恵まれすぎて、原始さながらのコトダマのさきわう国に、文化の借り衣裳をしているようなものだ。

人は恋愛というものに、特別雰囲気を空想しすぎているようだ。しかし、恋愛は、言葉でもなければ、雰囲気でもない。ただ、すきだ、ということの一つなのだろう。すきだ、という心情に無数の差があるかもしれぬ。その差の中に、すき、と、恋との別があるのかもしれないが、差は差であって、雰囲気ではないはずである。

★

恋愛というものは常に一時の幻影で、必ず亡び、さめるものだ、ということを知っている大人の心は不幸なものだ。

若い人たちは同じことを知っていても、情熱の現実の生命力がそれを知らないが、大人はそうではない、情熱自体が知っている、恋は幻だということを。

年齢には年齢の花や果実があるのだから、恋は幻にすぎないという事実については、若い人々は、ただ、承った、ききおく、という程度でよろしいのだと私は思う。

ほんとうのことというものは、ほんとうすぎるから、私はきらいだ。死ねば白骨になるという。死んでしまえばそれまでだという。こういうあたりまえすぎることは、無意味であるにすぎないものだ。

教訓には二つあって、先人がそのために失敗したから後人はそれをしてはならぬ、という意味のものと、先人はそのために失敗し後人も失敗するにきまっているが、さればといって、だからするなとはいえない性質のものと、二つである。

恋愛は後者に属するもので、所詮幻であり、永遠の恋などは嘘の骨頂だとわかっていても、それをするな、といい得ない性質のものである。それをしなければ人生自体がなくなるようなものなのだから。つまりは、人間は死ぬ、どうせ死ぬものなら早く死んでしまえということが成り立たないのと同じだ。

私はいったいに万葉集、古今集の恋歌などを、真情が素朴純粋に吐露されているというので、高度の文学のように思う人々、そういう素朴な思想が嫌いである。

極端にいえば、あのような恋歌は、動物の本能の叫び、犬や猫がその愛情によって吠え鳴くことと同断で、それが言葉によって表現されているだけのことではないか。

恋をすれば、夜もねむれなくなる。別れたあとには死ぬほど苦しい。手紙を書かずにいられない。その手紙がどんなにうまく書かれたにしても、猫の鳴き声と所詮は同じことなので、以上の恋愛の相は万代不易の真実であるが、真実すぎるから特にいうべき必要はないので、恋をすれば誰でもそうなる。きまりきったことだから、勝手にそうするがいいだけの話だ。

初恋だけがそうなのではなく、何度目の恋でも、恋は常にそういうもので、得恋は失恋と同じこと、眠れなかったり、死ぬほど切なく不安であったりするものだ。そんなことは純情でもなんでもない、一二年のうちには、また、別の人にそうなるのだから。

私たちが、恋愛について、考えたり小説を書いたりする意味は、こういう原始的な（不変な）心情のあたりまえの姿をつきとめようなどということではない。

人間の生活というものは、めいめいが建設すべきものなのである。めいめいが自分の人生を一生を建設すべきものなので、そういう努力の歴史的な足跡が、文化というものを育てあげてきた。恋愛とても同じことで、本能の世界から、文化の世界へひきだし、めいめいの手によってこれを作ろうとするところから、問題がはじまるのである。

A君とB子が恋をした。二人は各々ねむられぬ。別れたあとでは死ぬほど苦しい。手紙を書く、泣きぬれる。そこまでは、二人の親もそのまた先祖も、孫も子孫も変りがないから、文句はいらぬ。しかし、これほど恋しあう御両人も、二三年後には御多分にもれず、つかみあいの喧嘩もやるし、別の面影を胸に宿したりするのである。何かよい方法はないものかと考える。

しかし、大概そこまでは考えない。そしてA君とB子は結婚する。はたして、例外なく倦怠し、仇心も起きてくる。そこで、どうすべきかと考える。

その解答を私にだせといっても、無理だ。私は知らない。私自身が、私自身だけの解答を探しつづけているにすぎないのだから。

★

私は妻ある男が、良人ある女が、恋をしてはいけないなどとは考えていない。

人は捨てられた一方に同情して捨てた一方を憎むけれども、捨てなければ捨てないために、捨てられた方と同価の苦痛を忍ばねばならないので、なべて失恋と得恋は苦痛において同価のものだと私は考えている。

私はいったいに同情はすきではない。同情して恋をあきらめるなどというのは、第一、暗くて、私はいやだ。

私は弱者よりも、強者を選ぶ。積極的な生き方を選ぶ。この道が実際は苦難の道なのである。なぜなら、弱者の道はわかりきっている。暗いけれども、無難で、精神の大きな格闘が不要なのだ。

しかしながら、いかなる正理も決して万人のものではないのである。人はおのおの個性が異なり、その環境、その周囲との関係が常に独自なものなのだから。

私たちの小説が、ギリシャの昔から性懲りもなく恋愛を堂々めぐりしているのも、個性が個性自身の解決をする以外に手がないからで、何か、万人に適した規則が有って恋愛を割りきることができるなら、小説などは書く要もなく、また、小説の存する意味もないのである。

しかし、恋愛には規則はないとはいうものの、実は、ある種の規則がある。それは常識というものだ。または、因習というものである。この規則によって心のみたされず、その偽りに服しきれない魂が、いわば小説を生む魂でもあるのだから、小説の精神は常に現世に反逆的なものであり、よりよきなにかを探しているものなのである。しかし、それは作家の側からのいい分であり、常識の側からいえば、文学は常に良俗に反するものだ、ということになる。

恋愛は人間永遠の問題だ。人間ある限り、その人生の恐らく最も主要なるものが恋愛なのだろうと私は思う。人間永遠の未来に対して、私が今ここに、恋愛の真相などを語りうるものでもなく、またわれわれが、正しき恋などというものを未来に賭けて断じうるはずもないのである。

ただ、われわれは、めいめいが、めいめいの人生を、せい一ぱいに生きること、それをもって自らだけの真実を悲しく誇り、いたわらねばならないだけだ。

問題は、ただ一つ、みずからの真実とは何か、という基本的なことだけだろう。それについても、また、私は確信をもっていいうる言葉をもたない。ただ、常識、いわゆる醇風良俗（じゅんぷうりょうぞく）なるものは真理でもなく正義でもないということで、醇風良俗によって悪徳とせられること必ずしも悪徳ではなく、醇風良俗によって罰せられるよりも、自我みずからによって罰せられることを怖るべきだ、ということだけはいい得るだろう。

★

しかし、人生は由来、あんまり円満多幸なものではない。愛する人は愛してくれず、欲しいものは手に入らず、概してそういう種類のものであるが、それぐらいのことは序の口で、人間には「魂の孤独」という悪魔の国が口をひろげて待っている。強者ほど、大いなる悪魔を見、争わざるを得ないものだ。

人の魂は、何物によっても満たし得ないものである。特に知識は人を悪魔につなぐ糸であり、人生に永遠なるもの、裏切らざる幸福などはあり得ない。限られた一生に、永遠などとはもとより嘘にきまっていて、永遠の恋などと詩人めかしていうのも、単にある主観的イメージュを弄ぶ言葉の綾だが、こういう詩的陶酔は決して優美高尚なものでもないのである。

人生においては、詩を愛するよりも、現実を愛することから始めなければならぬ。もとより現実は常に人を裏ぎるものである。しかし、現実の幸福を幸福とし、不幸を不幸とする、即物的な態度はともかく厳粛なものだ。詩的態度は不遜であり、空虚である。物自体が詩であるときに、初めて詩にイノチがありうる。

プラトニック・ラヴと称して、精神的恋愛を高尚だというのも妙だが、肉体は軽蔑しない方がいい。肉体と精神というものは、常に二つが互に他を裏切ることが宿命で、われわれの生活は考えること、すなわち精神が主であるから、常に肉体を裏切り、肉体を軽蔑することに馴れているが、精神はまた、肉体に常に裏切られつつあることを忘るべきではない。どちらも、いい加減なものである。

人は恋愛によっても、みたされることはないのである。何度、恋をしたところで、そのつまらなさが分る外には偉くなるということもなさそうだ。むしろその愚劣さによって常に裏切られるばかりであろう。そのくせ、恋なしに、人生は成りたたぬ。所詮人生がバカげたものなのだから、恋愛がバカげていても、恋愛のひけめになるところもない。バカは死ななきゃ治らない、というが、われわれの愚かな一生において、バカは最も尊いものであることも、また、銘記しなければならない。

人生において、最も人を慰めるものは何か。苦しみ、悲しみ、せつなさ。さすれば、バカを怖れたもうな。苦しみ、悲しみ、切なさによって、いささか、みたされる時はあるだろう。それにすら、みたされぬ魂があるというのか。ああ、孤独。それをいいたもうなかれ。孤独は、人のふるさとだ。恋愛は、人生の花であります。いかに退屈であろうとも、この外に花はない。

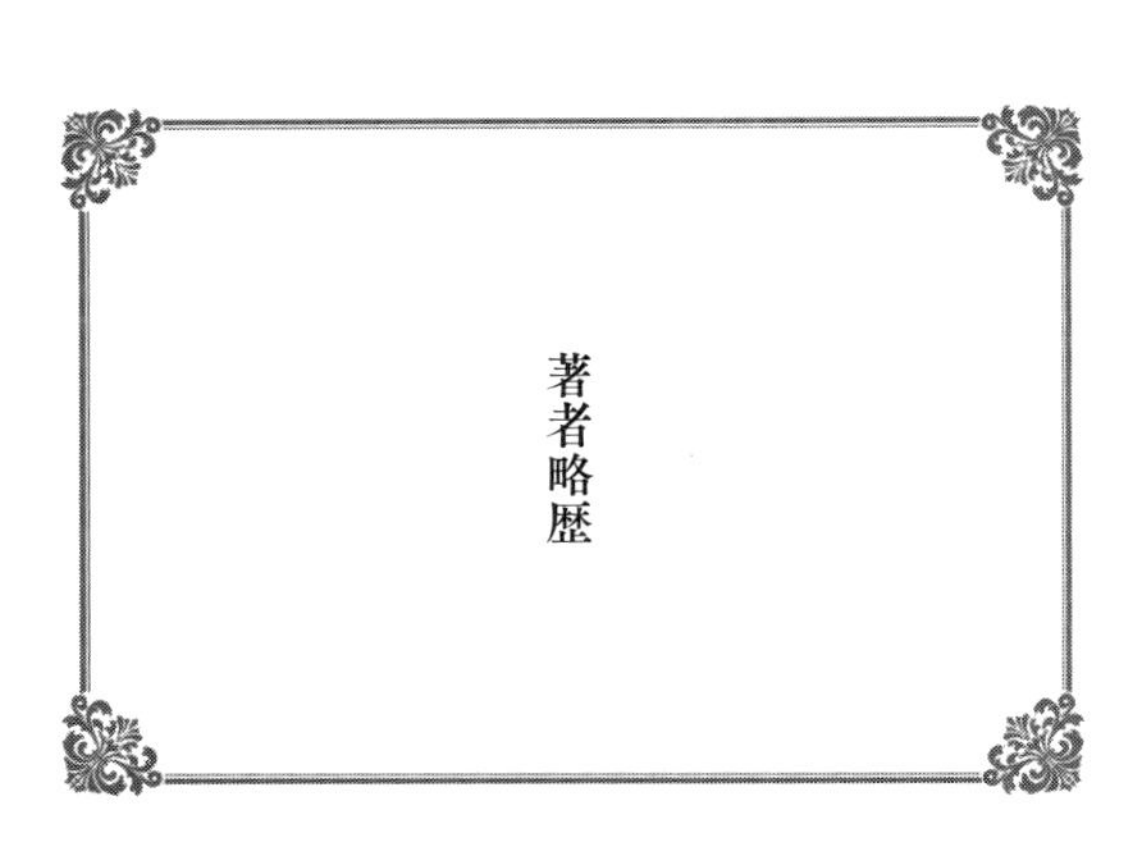

芥川龍之介（一八九二年〜一九二七年）

東京出身。東京帝大英文科卒。同人雑誌『新思潮』に翻訳作品を寄稿するなど、在学中から創作活動を始めていた。一九一六年に発表した「鼻」が夏目漱石に絶賛される。卒業後は、海軍機関学校で嘱託教官に就任した。一九一九年には教職を辞し、執筆活動に専念した。

今昔物語を題材にした「羅生門」「芋粥」や中国説話によった「杜子春」など数多くの短編を発表していたが、「歯車」「河童」に見られるような自伝的作品も次第に執筆するようになった。多くの作品を残すも、一九二七年に服毒自殺し、この世を去った。

堀辰雄（一九〇四年～一九五三年）

東京出身。東京帝国大学国文科卒。高校時代に室生犀星と芥川龍之介に師事し、大学入学後は小林秀雄や永井龍男らの同人誌『山繭』に参加。フランスの心理主義的文学の手法を取り入れ、独自の作品世界を築き上げた。一九三〇年頃から肺結核を患い、療養のため長野県軽井沢に滞在し、やがて終の棲家となった。一九四六年の「雪の上の足跡」が発表した最後の作品となり、以降は病臥生活に入る。一九五三年、四十八歳でこの世を去った。代表作は「聖家族」「風立ちぬ」「菜穂子」「美しい村」など。

田村俊子（としこ）（一八八四年～一九四五年）

東京出身。本名、佐藤とし。一九〇二年、幸田露伴に師事。一九〇九年、同門の田村松魚（しょうぎょ）と結婚。一時は女優として活躍するも、松魚の勧めで書いた「あきらめ」が、一九一一年に「大阪朝日新聞」の懸賞小説に当選。以降、『青鞜』『中央公論』などに小説を発表。人気作家となる。やがて、松魚と離婚。一九一八年、カナダに渡り、その後愛人のジャーナリスト鈴木悦と再婚。現地の邦字新聞「大陸日報」の編集に関わる。一九三六年、悦の死に伴い帰国。一九三八年、日本大使館嘱託として上海に渡り、婦人雑誌『女声』創刊。終戦直前、同地にて脳溢血で急死。代表作は「木乃伊の口紅」「炮烙の刑」。

太宰治（一九〇九年～一九四八年）

青森県北津軽郡金木村（現・五所川原市）出身。本名、津島修治。第二次世界大戦前から戦後にかけて、多くの作品を残した。

坂口安吾、織田作之助らとともに「無頼派」「新戯作派」と称され、新鮮な作風・価値観で人気を博した。自殺未遂や薬物中毒を繰り返すなど、いわゆる「破滅型」の作家としても知られており、作風にも実生活の影響が色濃く反映されている。

一九四八年、玉川上水で愛人の山崎富栄と入水。「桜桃忌」と呼ばれる太宰の命日には、今なお多くのファンがその死を悼む。主な作品に、「斜陽」「走れメロス」「人間失格」などがある。

立原道造（たちはらみちぞう）（一九一四年～一九三九年）

東京出身。東京帝国大学工学部建築学科卒。十三歳頃から短歌や詩に触れ、同じ高校を卒業した堀辰雄や室生犀星に師事する。

一九三七年に大学を卒業後、建築事務所で働きながら創作を続ける。同年に第一詩集『萱草（わすれぐさ）に寄す』、『暁と夕の詩』を刊行。繊細かつ純粋な音楽的作風を特徴とする。

一九三八年末に喀血し入院。翌一九三九年に第一回中原中也賞を受賞し今後の活躍を期待されつつも、同年三月に二十四歳でこの世を去った。最初の『立原道造全集』は没後の一九四一～一九四三年にかけて堀辰雄の編集によって刊行された。

久坂葉子（くさかようこ）（一九三一年〜一九五二年）

兵庫県神戸市出身。本名、川崎澄子。神戸川崎財閥を興した川崎正蔵の曾孫にあたる。神戸山手高等女学校を経て相愛女子専門学校ピアノ科に進学するも、中退。十六歳のときに初めての自殺未遂をする。

一九四九年に島尾敏雄の紹介によって、富士正晴主宰の雑誌『VIKING』に参加。翌一九五〇年に「ドミノのお告げ」を発表し、これが芥川賞候補になる（結果は落選）。

私生活では幾度かの自殺未遂と恋愛を繰り返し、一九五二年の大晦日に「幾度目かの最期」を書き上げると、同日夜に鉄道に飛び込み自ら命を絶った。二十一歳没。

田山花袋（かたい）（一八七二年〜一九三〇年）

群馬県出身。本名、録弥（ろくや）。

尾崎紅葉に入門。硯友社系作家として「瓜畑」などを書いたが、「重右衛門の最後」の頃から客観的態度を重視するようになった。博文館に入社後、『文章世界』の主筆となり、自然主義の運動をすすめる。一九〇七年に発表した「蒲団」で自然主義文学の地位を築き、のちの私小説の出発点となった。

代表作に「田舎教師」「百夜」などがある。

宮沢賢治（一八九六年〜一九三三年）

岩手県稗貫郡里川口村（現・花巻市）出身。日蓮宗徒。盛岡高等農林学校（現・岩手大学農学部）に首席で入学。卒業後は郡立稗貫農学校（現・花巻農業高等学校）に着任。この頃、詩集『心象スケッチ　春と修羅』、童話集『注文の多い料理店』などを刊行した。

しかし、これらの作品は生前、一般に知られることはほとんどなく、没後、詩人の草野心平らの尽力によって広く読まれるようになっていった。

独特の世界観や言語感覚で知られており、現在でも愛好家が多い。ほかの主な作品に「銀河鉄道の夜（童話）」「口語詩稿（詩集）」などがある。

久生十蘭（ひさおじゅうらん）（一九〇二年〜一九五七年）

北海道出身。

一九二〇年、函館新聞社に勤務。記者として文芸欄の編集に携わる傍ら、同欄に自身の作品を掲載。

一九二九年にパリに渡り、演劇を学ぶ。帰国後、新築地劇団の演出部に迎えられるも、まもなく脱退。その後は、雑誌『新青年』に発表した作品が次々と人気を博し、頭角を現していく。

一九五二年、「鈴木主水」で直木賞を受賞。

作品の多くは口述筆記によってつくられており、リズミカルな文体が特徴的。主な作品に「顎十郎捕物帳」「魔都」「キャラコさん」「十字街」などがある。

横光利一（一八九八年〜一九四七年）

福島県出身。本名、利一（としかず）。

一九一六年、父の反対を押し切って早稲田大学高等予科文科に入学。この頃から文学に傾倒していき、自身で創作活動も始める。

一九一九年に詩人の佐藤一英から菊池寛を紹介されたことをきっかけに、菊池に師事することとなった。この関係は生涯を通して続いた。

一九二三年に「蠅」「日輪」で文壇デビュー。翌年には、川端康成、片岡鉄兵らと『文藝時代』を創刊し、新感覚派の文学運動を展開した。

一九三〇年に発表した「機械」は小林秀雄に絶賛された。

主な作品に「日輪」「上海」「紋章」や未完の長編小説「旅愁」などがある。

坂口安吾（一九〇六年〜一九五五年）

新潟県出身。本名、炳五（へいご）。

一九三一年、ナンセンスかつユーモラスな「風博士」を牧野信一に激賞され、一躍文壇デビューを果たす。

終戦後、人間の価値観・倫理観を見つめ直した「堕落論」「白痴」を発表。これが高く評価され、その人気を確かなものにした。

その後は太宰治、織田作之助らと共に無頼派・新戯作派と呼ばれ、多忙な人気作家へとなっていった。純文学に限らず、推理小説や時代小説も手掛けるなど、その多彩な作風でも知られている。

四十八歳のとき、脳出血のためにこの世を去った。

【出典一覧】

お時儀　『芥川龍之介全集5』筑摩書房　一九八七年
あいびき　『堀辰雄集　新潮日本文学16』新潮社　一九八〇年
悪寒　『田村俊子全集　第2巻』ゆまに書房　二〇一二年
葉桜と魔笛　『太宰治全集2』筑摩書房　一九八八年
白紙　『立原道造全集　第3巻　物語』角川書店　一九七一年
入梅　『久坂葉子作品集　女』六興出版　一九七八年
わすれ水　『田山花袋集　明治文學全集67』筑摩書房　一九六八年
シグナルとシグナレス　『新修　宮沢賢治全集　第十三巻』筑摩書房　一九八〇年
舞踏会　『芥川龍之介集　現代日本文学大系43』筑摩書房　一九六八年
春雪　『久生十蘭全集Ⅱ』三一書房　一九七〇年
春は馬車に乗って　『定本　横光利一全集　第二巻』河出書房新社　一九八一年
恋愛論　『坂口安吾全集05』筑摩書房　一九九八年

【表記について】

※本書では、原文を尊重しつつ、読みやすさを考慮した文字表記にしました。
・旧仮名づかいは、新仮名づかいに改めました。
・旧字体の一部は、新字体に改めました。
・「ゝ」「ゞ」「〱」などの繰り返し記号は、漢字・ひらがな・カタカナ表記に改めました。
・極端な当て字など、一部の当用漢字以外の字を置き換えています。
・読みやすさを考慮して、一部の漢字にルビをふっています。
・明らかな誤りは、出典の巻末などに記載の注釈や、その他の文献を参考にして改めました。
・漢字表記の代名詞・副詞・接続詞は、原文を損なわないと思われる範囲で、平仮名に改めました。
掲載作のなかには、今日の人権意識に照らして不当、不適切と思われる語句や表現がありますが、作品の時代背景と文学的価値とを考慮し、そのままとしました。

文豪たちが書いた **恋の名作短編集**

2025年4月15日　第一刷

編　纂　彩図社文芸部

発行人　山田有司

発行所　〒170-0005
株式会社彩図社
東京都豊島区南大塚 3-24-4
MT ビル
TEL：03-5985-8213　FAX：03-5985-8224

印刷所　新灯印刷株式会社
URL　https://www.saiz.co.jp
https://x.com/saiz_sha

ISBN978-4-8013-0765-0　C0193